NÃO ACREDITO

Catalogação na Fonte
Elaborado por: Dayanne Leal Souza
Bibliotecária CRB 9/2162

R563n
2025

Rieth, Claudia
Não acredito / Claudia Rieth. – 1. ed. – Curitiba: Appris, 2025.
133 p. ; 23 cm.

ISBN 978-65-250-7492-4

1. Crime. 2. Perita. 3. Polícia. I. Rieth, Claudia. II. Título.

CDD – 800

Appris editorial

Editora e Livraria Appris Ltda.
Av. Manoel Ribas, 2265 – Mercês
Curitiba/PR – CEP: 80810-002
Tel. (41) 3156 - 4731
www.editoraappris.com.br

Printed in Brazil
Impresso no Brasil

Claudia Rieth

NÃO ACREDITO

Curitiba, PR
2025

À minha filha e ao melhor pai que ela poderia ter,
que sempre estiveram ao me lado em todos os momentos.
Ao apoio, às vezes com palavras, às vezes com café,
às vezes com jantares simples e acolhedores, naquele momento
que chegava da faculdade esgotada e não queria nem falar.
Vocês foram e sempre serão minha base, minha família e minha equipe.
Dedico este livro e minha vida a vocês, amo-os demais, meus chatinhos.

Apresentação

Alice era uma mulher determinada. Com 31 anos, podia dizer que conseguiu realizar todos os seus sonhos, ou quase todos, ainda não encontrara o amor, mas isso era de menos, podia viver sem, ao menos achava que podia.

Menina com uma infância muito pobre, conseguiu estudar com seu próprio esforço e trabalho, pois trabalhava desde nova para conseguir realizar suas conquistas, nunca teve ajuda de ninguém.

Conseguira sua formação em física com a bolsa da faculdade, bolsa essa que na verdade teve que pagar depois com juros, conseguiu se pós-graduar em física forense e entrou para Polícia Federal como perita criminal, esse sempre foi seu grande sonho, seria responsável por análise de locais de crime. Após muitos anos de dedicação, estudos e abnegação de muitas coisas, como amigos, bares, saidinhas e namorados, finalmente conseguiu o que queria.

Com uma escala de 24h por 48h na Polícia Forense, tinha algum tempo livre, o qual gastava principalmente com estudos, pesquisas de crimes tanto no Brasil quanto fora e também com academia, gostava de correr na rua e em parques. Quase não visitava a família, apesar de ter uma família relativamente grande, pois não era tão próxima e preferia a vida mais tranquila e solitária do seu apartamento.

SUMÁRIO

Capítulo 1

ROBERT

Robert era um homem de 52 anos, multimilionário, que conseguiu boa parte da sua fortuna com a herança do pai, que era empresário no ramo da construção civil. Porém, ele triplicou esse valor, aplicando em ações e ainda trabalhando muito forte na construção de prédios comerciais para venda e locações.

Foi casado e tinha uma filha de 25 anos, ela estava na França estudando, mas eram muito próximos, falavam-se sempre, ela contava de seus passeios, suas amizades e seus namoros.

Com a ex-mulher, Robert mantinha um contato amigável, principalmente por causa da filha, nunca foi tão próximo dela e após a separação ficaram ainda mais distanciados, ela era artista plástica, mas não exerceu a profissão e vivia da renda dos bens que ficou na partilha do divórcio. Robert nunca concordou com isso, achava que o trabalho engrandecia as pessoas, mas também não discutia, ele nunca a amara verdadeiramente.

Robert na verdade achava esse negócio de amor uma grande bobagem, uma forma de gastar dinheiro à toa, falava isso sempre para a filha Anita, que no momento estava apaixonada por um "pé rapado, zé mané qualquer", como ele se referia, porém nunca se opôs, sempre disse que a filha fosse feliz, já que ele não havia sido.

Robert, como um grande empresário, tinha muitos compromissos, reuniões, viagens, feiras, palestras. Era um homem muito ocupado e também muito desejado, afinal era muito bonito, atraente, com um corpo atlético, praticava esportes e exercícios físicos regularmente e tinha uma alimentação saudável. Isso atraía muitas mulheres, mas ele não se apegava a ninguém, gostava de trabalhar e, claro, tinha seus encontros, mas não saía com a mesma mulher mais de duas vezes.

Capítulo 2

ALICE

Alice, sim esse era seu nome, Alice Robesbergue. Ela sempre brincava que era Alice no País das Maravilhas, mas na realidade o dia a dia dela não tinha nada de maravilhoso, nem tinha o coelho para dar orientações nos momentos difíceis e orientar que caminho pegar. Seus dias eram sempre em meio a assassinatos, arrombamentos, acidentes de trânsito e muitos cadáveres, ela já estava acostumada, na verdade aquele era seu mundo, apesar disso ficava envolvida com os casos e muito chateada se eles não fossem solucionados, para dar algum descanso para as famílias das vítimas.

O dia havia começado como outro qualquer, foram avisados de um acidente de trânsito envolvendo dois veículos, que acabara na morte de ambos os condutores. Alice fora chamada, como sempre, para colher todo tipo de indício possível. Na verdade Alice era do departamento de crimes, ou seja, atentados a vida humana, mas como sempre havia menos peritos do que realmente precisava no departamento, ela atendia a todo o tipo de situação.

Alice gostava de seu trabalho, apesar de todo o contexto se basear em tragédias, ela havia se preparado para aquilo e agora tratava somente como um trabalho, procurava não se envolver muito com a vítima nem seus familiares, tentava ser empática, os familiares normalmente chegavam ao local do crime extremamente transtornados.

Aquele acidente em específico não tinha nada de muito especial para analisar, acontecera às cinco da manhã, em um bairro calmo da periferia de Caxias, a esquina era composta de casas simples, porém bonitas, com um prédio de apartamentos antigo já com a pintura bem descascadas e janelas que não se fabricavam a pelo menos 40 anos, Alice sempre ficava intrigada com construções antigas, não entendia nada de engenharia e pensava como podia uma casa ou prédio durar tantos anos, e aquelas janelas? Como não haviam caído ainda? Enfim, não era sua área e tinha coisas mais importantes para fazer.

O prédio ficava bem na esquina do local que havia ocorrido o acidente, o que dava um ar nostálgico à cena, Alice reparou que o prédio tinha câmeras de segurança e pensou "Pelo menos algo moderno nesse museu". Iria pedir para algum policial pegar as imagens para posterior análise e identificação de irregularidades e horário exato do acontecimento.

Para ela, com sua experiência de cinco anos na polícia analisando crimes, sabia que aquele acidente deveria ter ocorrido da forma mais normal possível, o veículo gol preto não respeitou a placa de "Pare", e ambos os veículos estavam em velocidade acima de 80km/h, era possível determinar a velocidade com as marcas de frenagem no solo, o tamanho dos estragos, bem como informações de testemunhas. Mas Alice sempre se baseava em cálculos e nunca em testemunhas, essas ela preferia deixar para os promotores e advogados. Claro que nesse caso específico, ela ainda não havia calculado a velocidade, mas tinha uma estimativa pelo que vira no local.

Ela aprendera no seu primeiro ano de polícia, com um de seus melhores amigos, o Tenente Dimitri, que nada era o que realmente parecia ser, ele sempre falava: "Nunca finalize um relatório por mais simples que pareça ser sem analisar todos os indícios primeiro". Dimitri havia se aposentado fazia um ano, e Alice sentia muito sua falta, aprendera muito com ele.

Capítulo 3

DIMITRI, AMIGO & TUTOR

Dimitri não era muito alto, com um 1,70 de altura, tinha cabelos fartos na parte de trás da cabeça e pouco na parte superior, usava bigode, o que fazia dele uma figura caricata e engraçada. Tinha 40 anos de Polícia, já passara por todas as áreas dentro do departamento e, como Alice, amava seu trabalho. Era casado com uma mulher muito elegante e tinha duas filhas lindas que, claro, não quiseram seguir a carreira do pai.

Lana se formara em arquitetura e Jussara em moda. Dimitri sempre falava que uma das filhas ia ser perita assim como ele, mas seu sonho de pai ficou de lado, até que conheceu Alice.

Quando ela entrou na Polícia, ele foi designado para ser seu "padrinho" por assim dizer, de cara ele se encantou com ela, era tão forte e determinada quanto ele, mas infelizmente Dimitri estava para se aposentar e assim ficaram juntos somente quatro anos e meio, mas formaram uma ligação muito forte.

Alice conhecia sua família e sempre ia almoçar com eles, todos a adoravam, a esposa de Dimitri se tornou uma segunda mãe e confidente. Sara era uma mulher encantadora, um pouco mais alta que Dimitri e muito elegante, por vezes Alice pensava o que ela tinha visto em Dimitri, ela era doce e determinada ao mesmo tempo, sempre queria que Alice achasse um amor. "Ninguém vive sem amor e sozinha, minha filha", dizia ela à Alice sempre que estavam juntas, mas Alice ria e falava que não precisava de homem para interferir na sua vida. Não que Alice não tivesse seus encontros amorosos, tinha alguns, mas nada sério, não achava nenhum homem com as características que julgava essencial.

Dimitri se aposentou há um ano e deixou suas atividades sobre a responsabilidade de Alice, achava que ela tinha capacidade suficiente para isso, porém Alice muitas vezes sentia-se perdida e sozinha, gostaria que o amigo estivesse próximo para auxiliá-la, algumas vezes até consultava o para saber sua opinião, no que ele ajudava com muito prazer.

Capítulo 4

O DIA DO CRIME

O dia começou como outro qualquer, Alice trabalharia 24 horas ininterruptas, mas estava acostumada com esse turno, tanto que nunca se interessou em mudar. Às sete horas passou na padaria que ficava próximo ao departamento e comprou um café com um pão de queijo. Alice comia pouco e poucas vezes, não tinha muita fome e sempre cuidou do seu corpo.

A padaria era bonita e agradável, as paredes cor pérola, com quadros antigos da cidade de Caxias, e também quadros de seus fundadores, uma vez que a padaria tinha mais de 50 anos. Isso deixava Alice incomodada, por que as pessoas se encantam tanto com essas coisas antigas? Como ainda não caiu? Um dia vou perguntar a um engenheiro.

Alice não era natural da cidade, nascida no Paraná, tinha mudado com sua família ainda pequena para o Rio Grande do Sul, que adorava e considerava seu lar. O balcão da padaria era muito bonito, com todas aquelas guloseimas, em seu interior havia mesinhas de madeira bem aconchegantes que os moradores e turistas aproveitavam para se deliciar com suas escolhas de doces e salgados e ainda aproveitavam para fazer pequenas reuniões ou trabalhar em seus computadores portáteis.

Alice comprou seu pão de queijo, café e levou para comer no departamento, achava mais adequado, uma vez que não era muito de contato com pessoas que não conhecia. Sara sempre falava que ela devia ser mais sociável, que se conversasse com pessoas diferentes aprenderia muita coisa e também era uma forma de arranjar uma paquera, mas Alice achava tudo aquilo engraçado.

A manhã seguiu normalmente, Alice avaliando os itens e fotos levantados do acidente de trânsito que atendeu na manhã de seu último plantão, mas cada vez mais identificava como um caso de infração de trânsito que acabou em tragédia e que tanto a vítima quanto o culpado estavam mortos. Na verdade, seu relatório nesse caso serviria mais para efeito de seguro do que qualquer outra sanção possível.

Porém, a parte da tarde foi bem diferente de todas que já tinha passado na polícia, foi chamada com seu técnico, Samuel, para atender a um assassinado na área nobre da cidade. Todo o perito tinha um técnico que o ajudava nos locais de crime, normalmente tirando fotos e anotando informações de testemunhas. Samuel era um rapaz de 25 anos, muito bonito e atlético, algumas vezes até se insinuou para Alice, mas ela na verdade nunca se interessou por meninos novos, "piás", como se falava em sua terra natal, sempre gostou de homens mais velhos, mas claro não teria problema tirar uma casquinha se ele não fosse seu colega de trabalho, o que o deixava totalmente fora da lista de possíveis candidatos.

Samuel era um rapaz muito competente e centrado no que fazia, sem contar que atirava muito bem, Alice também era boa de mira, já havia feito muitos cursos, mas realmente esse era seu ponto fraco, não gostava de armas.

Em locais de crime, quando chegava a perícia, normalmente o local já estava isolado, com a presença da polícia local, não se tinha mais o que fazer, porém em casos raros era possível que o criminoso ou comparsas ainda estivessem presentes ou voltassem por algum motivo, o que tornava a profissão de Alice perigosa e a obrigava a saber usar uma arma.

Precisou usar a arma apenas uma vez, quando chegou ao local de um crime e o criminoso ainda estava lá, trocou tiro com os policiais, Alice ficou no meio do fogo cruzado, mas sentiu-se segura com a presença de Samuel. No fim, tudo acabou bem, o criminoso foi baleado e levado preso, ela e Samuel fizeram seu trabalho normalmente, verificando que se tratava de um local de venda de drogas, e acabou ocorrendo um confronto entre os parceiros.

Para atender à ocorrência daquele dia, Alice e Samuel pegaram seus equipamentos de trabalho, suas pistolas e seus coletes à prova de bala, tratava-se de um padrão da polícia, ninguém no local do crime podia ficar sem o colete, mas Alice realmente achava incômodo aquele peso e sem contar que não combinava com seu visual, ela sempre brincava.

Um crime é sempre uma coisa triste, tanto para vítima como para os culpados, Alice ficava sempre pensativa com relação a cada crime, o que levara a pessoa a fazer uma coisa tão extrema. Porém tratava tudo como um trabalho e dificilmente se abalava.

Capítulo 5

COMPANHIA PARA DORMIR

Na mansão dos Verano o clima estava terrível, Robert, que havia chegado de viagem na noite anterior, estava muito abatido, a viagem tinha sido extremamente estressante, discutindo sobre contratos e multas contratuais. Ele realmente gostava do que fazia, mas por vezes pensava que estava na hora de achar um sucessor, para que ele pudesse viajar e curtir a vida. Mas quem seria? Sua filha nem tomava conhecimento de seus negócios, vivia alheia às suas viagens e só pensava em namoros que nunca davam certos.

Na empresa não tinha ninguém à sua altura, havia André, seu braço direito, muito competente e de muita confiança, porém ainda muito jovem com seus 29 anos e um pouco imaturo na hora de tomar decisões.

Robert estava muito cansado quando chegou em casa naquela noite, descobriu que a filha estava lá, o que realmente ele não esperava, ela tinha seu próprio loft que usava quando estava no Brasil de férias, mas Robert não se importava que ela passasse algumas noites em sua casa, isso fazia ele se sentir mais calmo, a presença da filha o fazia bem. Ocorre que aquela noite foi diferente, Robert descobriu que Anita não estava sozinha, trouxe consigo seu namorado, que Robert desaprovava terminantemente, agora se ela queria namorá-lo ele não impediria, mas não o queria em sua casa.

Parece que Robert estava pressentindo o que iria ocorrer, não dormira quase nada, passou a noite se debatendo e tendo pesadelos, quando na manhã seguinte fora acordado pelos gritos da empregada.

Capítulo 6

O LOCAL DO CRIME

Alice chegou à mansão dos Verano pouco depois das duas da tarde, a mansão era muito bonita, ela nunca havia estado em um lugar daqueles, era imensa, com grandes jardins e uma fonte em frente à casa, os veículos a circundavam para deixar seus ocupantes na porta de entrada da casa, um portal de mármore traventino que Alice pensou que custava mais que seu apartamento. Pelo cálculo de Alice, o portal deveria ter uns cinco metros de altura, ela ainda comentou com Samuel:

— Essa família deve ser bem alta.

Samuel riu, sabia que o senso de humor da colega era principalmente para afastar o desconforto que todos os locais de crime possuíam.

Naquele dia em específico a mansão não estava tão bonita, não que Alice já tivesse visto aquele cenário, mas tinha absoluta certeza que tudo era mais bonito sem a presença de viaturas, ambulâncias e veículos do IML, que só era chamado logicamente se houvesse vítimas de óbito.

Alice entrou na mansão e em seguida viu a cena, muito sangue, bagunça total na sala de estar e, claro, um corpo jazia no tapete belíssimo da sala. Tapete esse que Alice julgou custar o salário de um ano todo de toda a sua equipe.

A sala era imensa, como uma lareira em uma das paredes que Alice considerou que poderia aquecer todo o Departamento de Polícia nos dias frios que faziam em Caxias, ou então na capital de seu amado estado, Curitiba, a cidade mais fria do mundo, como os curitibanos costumam falar.

Alice não gostava do frio e realmente aquele departamento era gelado, a sala também tinha vários quadros de pintores famosos que adornavam as paredes e davam um ar de elegância ao ambiente.

Alice observou que o local onde estava o corpo estava isolado com fitas amarelas, aquilo já era um progresso, a briga eterna entre peritos e policiais, pois os policiais sempre eram os primeiros a chegarem na cena e depois chamavam a perícia se assim julgassem necessário, ocorre que eles faziam treinamentos intensivos, alguns deles ministrados pela própria Alice, sobre como preservar o local do crime, porém parecia tudo inútil, a maioria dos locais estava sempre sem o isolamento, com alterações na cena do crime e algumas vezes faltando objetos que eram roubados ou apenas colocados no lugar pela família ou pela própria polícia. Por mais que possam parecer banalidades, qualquer peça pode ser a solução do crime, como dizia o sábio Dimitri.

Mas naquele caso em específico parecia que tudo havia ocorrido dentro dos padrões da perícia, e que seria um crime como outro qualquer, a não ser, claro, que o crime tinha ocorrido dentro de uma fortaleza, uma mansão com vigilância e segurança altamente capacitados.

Alice e Samuel entraram no perímetro da faixa amarela colocando suas luvas e pegando seus equipamentos, o corpo estava aparentemente com um ferimento na cabeça e certamente a vítima tinha entrado em óbito devido às 28 facadas espalhadas por seu corpo, sim, 28, Alice contou.

Alice começou a colher indícios, objetos que poderiam ser a arma que o acertaram na cabeça e também objetos que a princípio nada representavam, Samuel por sua vez estava fotografando tudo que julgava importante. Tudo corria bem até que Alice ouviu uma voz alterada vindo da cozinha, pelo que ouviu a voz dizia:

— O que estão fazendo na minha casa? Isso aqui já virou bagunça, quero todos vocês fora da minha casa agora.

Alice ergueu a cabeça espantada, viu um homem forte, de corpo atlético, com aparentemente 1,90 de altura. Parecia ser o proprietário da casa, mas seu espanto foi com a expressão que ele usou, "Isso aqui já está virando bagunça", na verdade na opinião de Alice aquilo já havia virado bagunça quando alguém supostamente entrou na mansão com câmeras em todos os lugares, seguranças 24 horas, guarita e portaria, e matou a sangue frio aquele rapaz, mas quem era ela para discutir com aquele ilustre senhor.

Alice continuou seu trabalho quando o homem se aproximou da faixa amarela e ela rapidamente o parou dizendo:

— Aqui é um local de crime e o senhor não pode entrar.

Isso causou mais irritação em Robert, que gritou novamente:

— Como não posso entrar? Quem você pensa que é, sua fedelha? Aqui é minha casa e entro onde eu quiser".

"Fedelha? Quem ele pensa que é para falar comigo assim", pensou Alice espantada e irritada com o comentário dele.

— Infelizmente deixou de ser somente sua casa quando virou um local de crime, por favor, senhor, nos deixe fazer nosso trabalho.

Olhando para o policial, pediu que o tirassem dali. Mas Robert não se conformou e foi fazer o que sabia de melhor, fazer contatos com pessoas importantes. Em seguida o coronel da polícia, Sr. Andrade, o qual não era o maior fã de Alice, ligou para ela e mandou que saísse.

Ela tentou argumentar dizendo que se tratava de um local de crime violento e ela precisava colher indícios para possível determinação da morte e de seu autor. Mas Andrade foi bem claro:

— Use o que já colheu e dê o fora daí, AGORA, o Sr. Robert é muito influente e está incomodado com a sua presença e da sua equipe na casa dele.

Alice, que não era de aceitar ordens sem questionar, principalmente quando essas ordens eram totalmente fora do contexto aplicado em crimes, disse:

— Sr. Andrade, isso só me faz achar que uma atitude dessas é mais um indício, quando uma pessoa não quer a perícia em sua casa, colocarei em meu relatório essa informação. Andrade respondeu contrariado:

— Faça como quiser, mas de o fora daí.

Desligou.

Alice juntou suas coisas e passou pela faixa amarela, observou o homem na outra extremidade da sala olhando para ela. Atrás pôde ver um pedaço da cozinha onde uma moça muito bonita, vestindo um roupão, chorava freneticamente. Alice fez um aceno provocador de cabeça para o homem e partiu.

Capítulo 7

FORMALIDADES

Robert estava totalmente transtornado, já não era a favor daquele romance, sabia que Henrique estava metido com coisas obscuras, pois nunca mencionou no que trabalhava e também tinha um jeito malandro de ser. Para Robert, o trabalho e o estudo faziam a pessoa melhor, mas Henrique, claro, não queria saber nem de um nem de outro.

Pelo que Robert sabia, sua filha, Anita, havia conhecido esse sujeito de maneira muito estranha, em uma de suas viagens esbarrou com ele, ela veio a se desequilibrar e cair, ele prontamente a ajudou e assim ficaram amigos e em seguida namorados, por assim dizer. Robert já havia tido algumas discussões com Henrique, não o queria com sua filha e muito menos em sua casa, mas a filha não aceitava as ordens do pai.

Anita, por sua vez, estava inconsolada, não parava de chorar e pedia para ficar sozinha, ficar próxima de Henrique, o que as empregadas não deixavam, pois a cena era horrível demais para a doce Anita. Sua mãe, senhora Beatriz, foi avisada assim que souberam do crime, porém chegou à mansão somente após a tarde, segundo ela estava em uma sessão de massagem e não poderia interromper, as empregadas acharam aquilo extremamente absurdo, a filha passando pelo pior dia de sua vida e a mãe nem se importando.

Mas elas estavam acostumadas com a futilidade de dona Beatriz, desde que fora dona daquela casa ela era extremamente arrogante e fútil, depois da separação ficou com quase metade dos bens do senhor Robert e vivia de renda, nunca havia trabalhado e não sabia o que era passar por dificuldades.

Passaram o dia resolvendo as formalidades daquilo tudo, transportando o corpo, providenciando a limpeza e arrumação da sala, mesmo a perícia pedindo para manter o local do crime intacto e tentando contato com os parentes do jovem, o que foi em vão, não descobriram nenhum parentesco.

Naquela noite, quando Robert deitou na cama, passou a pensar: "O namorado de sua filha fora encontrado morto dentro de sua mansão, aquilo tudo fora uma tragédia, não havia como ter entrado alguém na casa que não o próprio Robert, sua filha, Anita, e os seguranças da casa, para Robert parecia tudo um grande pesadelo.

Capítulo 8

BEATRIZ

Beatriz era uma mulher de 47 anos, loira, de olhos azuis e muito bonita, ela era, além de bonita, muito elegante, tinha uma família rica e sempre viveu no luxo, nunca precisou trabalhar, fez faculdade de artes plásticas porque era exigência de seu pai ter uma formação, porém nunca pintou nenhum quadro sequer, além dos trabalhos da própria faculdade, sua vida era compras, maquiagem, massagens, entre outras coisas não mais trabalhosas que essas. Pelo motivo que nunca passou dificuldades nem trabalhou, era uma pessoa fútil, que não tinha compaixão pelo próximo, não tinha nenhuma preocupação com a filha e frequentemente se envolvia com rapazes mais novos.

Robert, como acomodado que era nesses assuntos, manteve o casamento por 20 anos e depois não mais aguentou, quando percebeu que sua bela esposa dava mais atenção aos jovens amigos de sua filha do que a ele ou à vida de casado, resolveu acabar com essa farsa e pediu o divórcio.

Por fim, ela não fazia nada que fosse fora da lei, viajava muito, gastando toda a fortuna que havia conseguido com o casamento de 20 anos com Robert e que havia herdado da família. No início da separação, ela ficava no pé dele, controlando suas saídas, com quem, quando etc., mais pelo sentimento de poder do que por ciúmes, ela na verdade nunca tivera ciúmes de Robert, ela sabia que ele dava suas escapadas, mas ela também dava com atletas da metade de sua idade, então ficava tudo certo.

Porém, depois de uns dois anos, ela desencanou e passou a se preocupar com a própria vida e como ia gastar todo o dinheiro que havia conseguido daquele casamento rentável para ela.

Beatriz agora estava saindo com um rapaz de 23 anos, Marcelo, era atleta e ela o conheceu na academia, era só músculos e gostosura, claro, não tinha muita coisa na cabeça, mas enfim ela não precisava dele para escrever uma tese de doutorado, e para aquilo que precisava Marcelo era o melhor dos melhores. No auge de sua juventude, era capaz de transar um final de semana todo sem se cansar e ela dava luxo e vida boa para ele, enfim se entendiam muito bem.

Capítulo 9

A INDIGNAÇÃO DE ALICE

Alice voltou ao departamento extremamente irritada, se tinha uma coisa que ela abominava era a injustiça, então ela não pôde fazer seu trabalho por que o todo poderoso proprietário da mansão era influente, e qual era a relevância disso?

— Um crime é um crime — disse ela à Samuel assim que embarcaram na viatura para retornar ao departamento.

Samuel aparentemente estava chateado também, apenas concordou com a cabeça. Alice continuou:

— Quem ele pensa que é? Pensa que é melhor que os outros? Vou usar isso como indício e vou trabalhar com muito mais esmero nesse caso, acho que ele tem algo a ver com tudo isso.

Chegando ao departamento, Alice desabou na cadeira, estava cansada e com fome, pois já passava das quatro da tarde e ela ainda não tinha comido nada desde o pão de queijo logo cedo, sem contar o desgaste que aquela situação causará. Ligou na lanchonete que sempre atendia aos policiais de seu departamento e pediu uma vitamina, a lanchonete não era das melhores, Alice tinha um certo receio da higiene do lugar, mas achava que a vitamina não a mataria.

Já estava exausta e ainda tinha o resto da tarde pela frente e mais, a noite toda, pois seu plantão durava 24 horas, mas o que dava forças para ela era juntar todos os indícios desse caso e provar que aquele tal de Robert tinha tudo a ver com esse crime.

Na realidade Alice não era investigadora, em sua parte cabia somente a perícia e sua função era coletar indícios, analisar e passar para os investigadores transformarem em provas e conseguirem desvendar o crime. Mas naquele caso ela iria encarnar o espírito de investigação e descobrir o que estava acontecendo naquela família. Assim que se pôs a trabalhar nos indícios, seu assistente Samuel entrou na sala, jogou um envelope em sua mesa e disse:

— As fotos, achei que você tinha pressa nesse caso.

Ela gostava de Samuel porque ele era esperto, e sabia como ela funcionava em cada crime, ela agradeceu, mas não conseguiu nem sorrir, esse caso tinha mexido com ela, mais do que ela esperava.

Capítulo 10

ARREPENDIMENTO

Robert teve outra noite horrível, em partes por motivos óbvios, um crime horrível havia ocorrido em sua casa e sua filha estava devastada. Mas sua maior apreensão era com relação à sua atitude perante os profissionais e principalmente a perícia criminal que estivera em sua casa.

Ele havia sido extremamente hostil e havia usado de sua influência para colocá-los para fora de sua casa, ele achou que aquilo lhe daria um alívio, mas o efeito foi contrário, ele sentiu-se, além de triste e frustrado, um verdadeiro idiota. Aquelas pessoas estavam apenas fazendo seu trabalho.

Bom, iria falar com a secretária no dia seguinte para que descobrisse qual era o departamento deles para mandar flores e chocolate como pedido de desculpas, no momento tinha mais o que se preocupar, com as burocracias do enterro, já que o "infeliz" não tinha nem família, e também com sua filha que estava inconsolada.

O dia seguinte passou bem rápido, pois tiveram muitos compromissos e finalmente no final da tarde conseguiram liberar o corpo para o enterro. Robert foi totalmente contra o velório, uma vez que não haveria ninguém para se despedir de Henrique, a não ser sua filha, que estava um pouco mais calma devido ao efeito dos remédios.

No dia seguinte chegou ao escritório bem atrasado, tinha naquele dia muitas reuniões, entrou em sua sala, que era consideravelmente grande e decorada com muito bom gosto, móveis de primeira linha, tudo era muito chique, mas ele realmente sentia-se apreensivo.

Chamou Lene, sua secretária, e passou a ordem sobre o envio das flores e do chocolate como pedido de desculpas, após fazer isso foi para sua primeira reunião. Lene era uma senhora de quase 50 anos, trabalhava com Robert fazia 20 anos, ela sempre teve uma quedinha por ele, mas claro que não foi correspondida, ela era profissional e muito séria, Robert tinha total confiança nela.

Logo após o almoço, sua secretária entrou em sua sala e disse que não havia conseguido entregar as flores, porque Alice, que era como se chamava a perita criminal que esteve em sua casa, não estava de plantão naquele dia, e que não poderiam dar mais informações sobre ela. Ele agradeceu e pediu que saísse.

À tarde, como ele estava angustiado com aquilo, falou para mandar um de seus seguranças ficarem todos os dias na porta do departamento de polícia até que encontrassem a senhora Alice e pudessem entregar as flores. Após deixar isso resolvido, foi para casa.

Capítulo 11

CAFÉ COM O TUTOR

Alice não acordou bem naquele dia, o dia anterior tinha sido desgastante, e o fato de ter sido expulsa de uma cena de crime a deixava muito triste, mas também não conseguia parar de pensar no senhor Robert, na verdade não exatamente nele, porque ela jamais perderia seu tempo pensando em um cara como ele, mas sim pensando em sua atitude, porque teria motivos para não querer a perícia, e sua filha, tão desesperada, será que não tinha alguma informação valiosa sobre a vítima? Essas dúvidas a deixavam chateada, tanto que marcou com Sara para ir à tarde tomar um café com Dimitri, ele saberia o que fazer.

Já na casa dos Laventura, não pôde deixar de admirar o extremo bom gosto da senhora Sara, a decoração da casa era simples, mas muito bem-feita, na entrada havia um jardim com rosas, suculentas, cactos, entre outras espécies, tudo alinhado como se feito por um profissional do ramo, em volta do jardim havia pedrinhas brancas, o que dava um ar interiorano ao ambiente, Alice podia ficar horas ali admirando o jardim, mas não tinha tempo para isso. Entrou na casa que tinha uma pequena sala de visitas com um tapete branco peludo que dava dó de pisar sobre ele, não teve como Alice não comparar com o tapete da casa de Robert, "quanta diferença", pensou ela, com os sofás na cor preta impecáveis e uma mesa de centro com vidro que fechava toda a beleza do ambiente.

Foi levada para a varanda na parte de trás da casa, ali não era menos bonito e aconchegante que a parte da frente, havia uma mesinha de ferro com seis cadeiras em baixo de um enorme guarda-sol, o Lubi, cachorrinho dos Laventura, não parava de correr e brincar e Alice ficou pensando como a casa poderia ser tão impecável com a presença daquele bagunceiro na área.

As filhas de Dimitri não moravam mais com eles, cada uma tinha sua casa e passavam boa parte do tempo fora do Brasil, então eles adoravam quando Alice ia visitá-los. A senhora Sara serviu um chá com bolachas, mas disse que esperava que Alice ficasse para o jantar, que de fato não era sua intenção. Sara disse:

— Fique à vontade, minha querida, vou mexer no jardim e deixá-los conversar, porque na verdade nem entendo nada que vocês falam. — Sorrindo, deu um beijinho na testa de Dimitri e saiu.

Alice ficou um pouco perdida em seus pensamentos, achando tão bonito aquele gesto e pensando se um dia teria alguém para beijar-lhe a testa. Foi arrancada de seus pensamentos por Dimitri, que falou:

— O que está te afligindo, minha cara amiga?

Alice, pega de surpresa por suas palavras, respondeu:

— Na verdade foi um crime que ocorreu ontem, não o crime em si, porque crimes ocorrem todos os dias, mas o fato que ocorreu no local do crime que me deixou chateada.

Contou o que havia acontecido, desde a hora que foram chamados, até o local do crime, e enfatizou o fato da segurança da mansão até a expulsão da perícia do local.

Dimitri, com toda sua calma e experiência, disse:

— Realmente, minha querida, um fato muito desagradável e suspeito, mas diria para você não pouco comum.

Alice no mesmo instante se admirou:

— Como assim não tão pouco comum? Sempre acontece isso? E o que leva uma autoridade a dispensar o trabalho de profissionais que podem desvendar um crime?

— Minha querida Alice — disse Dimitri com voz paternal — você ainda é tão nova e inexperiente, vai passar por muitas coisas, e não pode deixar se abater, o que leva eles a pensarem que pode? Porque eles podem, e depois julgam que podem colocar a mão no fogo pelo amigo que está lhes pedindo aquilo, sem contar que vão ficar com um favor a ver e talvez possam precisar. — E continuou: — Quanto ao senhor Robert, não posso dizer que é inocente, pois nem o conheço, mas também não podemos considerá-lo culpado, uma vez que, no ímpeto de poupar sua casa, sua família e sua reputação, achou absurdo um monte de gente estranha mexendo em tudo dentro de sua casa.

Alice respondeu com indignação, como era de seu perfil:

— Como assim não? Pois eu o acho muito suspeito porque se fosse comigo ia querer saber toda a verdade.

— Minha cara — disse Dimitri, rindo. — Já lhe ensinei tantas vezes, olhe tudo como um segundo olhar, olhe os dois lados da história e ouça todos os envolvidos, até o mais perverso criminoso tem o direito de falar sua versão.

Assim passaram a tarde conversando. Como Alice esperava, aquela visita a acalmou, jantaram juntos, conversaram sobre futilidades e depois retornou para sua casa.

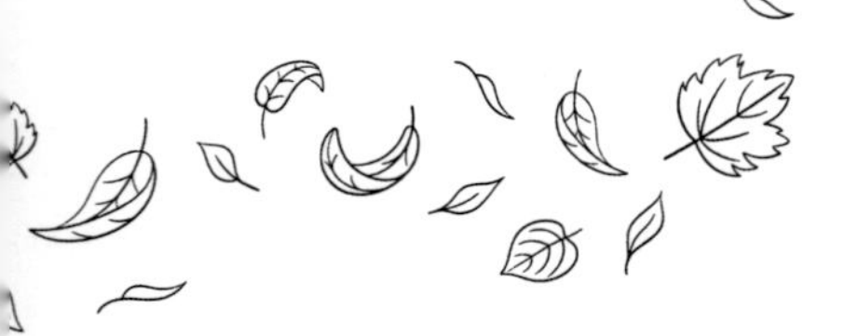

Capítulo 12

AS FLORES

Robert estava impaciente, em parte porque precisava ficar dando depoimentos à polícia, outra porque precisava manter sua filha sob controle, pois ela estava apática, abatida e não parava de dizer para a polícia e para todos "ela o matou". Ninguém entendia nada e sabiam que Anita estava fora de controle. Mas a maior apreensão dele é que já havia se passado dois dias e Wilson, seu segurança, que ficou encarregado de entregar as flores e o pedido de desculpas, não havia trazido nenhuma novidade.

Sua angústia se agravou quando naquela tarde Wilson voltou com as flores na mão.

— O que foi, Wilson? — perguntou ele. — Não achou ela ainda?

Wilson, meio sem graça, respondeu:

— Sim, senhor Robert, achei hoje, mas ela — calou-se.

Robert, cada vez mais impaciente, falou quase gritando, o que não era de seu perfil:

— Mas ela o que, criatura?

— Ela recusou.

— Como assim, recusou? Qual seria o motivo da recusa, você disse que era um pedido de desculpas?

— Sim, senhor, falei em seu nome, mas ela disse que não sabia de quem se tratava e dispensava qualquer presente.

Wilson saiu da sala com as flores e deixou com a secretária, que colocou em um vaso e deixou enfeitando o escritório.

Robert ficou mais chateado que antes, por que ela faria isso? Afinal ele nem havia feito nada de tão grave, estava apenas nervoso no momento e querendo proteger sua filha. Bom, deixaria para lá, ele tinha coisas mais importantes para resolver, como sua viagem no dia seguinte para Miami. Ligou para sua ex-esposa e verificou se ela poderia fazer companhia para a filha, que não estava bem, a ex, com muita má vontade, disse que ficaria.

Alice ficou mais indignada ainda com as flores.

— Aquele idiota acha que eu sou o quê? Alguma dessas mulheres vulgares que ele está acostumado, que uma porcaria de buquê de flores resolve tudo? Sem contar que não sou nada dele, estou apenas trabalhando no caso. Por que ele acha que eu aceitaria receber flores das mãos de um de seus pitbulls?

Samuel soltou um risinho, o que a deixou mais indignada ainda.

— O que foi, Samuel, tá achando graça?

— Não, Alice, só acho que esse caso mexeu mais com você do que deveria. Deixa isso pra lá, temos que sair atender um ferimento à bala que acabaram de passar.

Assim passaram o resto do dia no local daquele crime coletando provas.

Robert, mesmo estando em Miami e com a agenda cheia, não conseguia parar de pensar em Alice, no quanto ele fora desagradável e o quanto ela estaria indignada com ele, na verdade não que estivesse pensando nela, claro, mas em toda a equipe. No dia seguinte bem cedo ligou para sua secretária e pediu para conseguir o telefone de Alice.

Assim que recebeu por mensagem o telefone da perita que esteve em sua casa, ele saiu da reunião pedindo desculpas e foi telefonar, mas claro o telefone que Lene conseguiu era do departamento de polícia e, lógico, Alice não estava de plantão naquele dia.

— Meu Deus, quantos dias por mês esse povo trabalha? — reclamou ele, sozinho. — É para isso que pagamos impostos tão altos?

Mas conseguiu saber que na próxima sexta-feira Alice estaria de plantão e que seu horário de almoço, se não ocorresse nenhum crime, é claro, seria à uma hora da tarde.

Na sexta-feira, ele acordou mais tranquilo, havia tomado uma decisão ainda em Miami, iria até lá pessoalmente falar com Alice. E foi que ele fez, pediu ao motorista que o levasse até o departamento de polícia e aguardou na frente. Quando Alice desceu as escadas, o coração de Robert disparou, e ele nem sabia precisar por qual motivo. Então ele a chamou, quando ela olhou, fez logo uma cara de espanto, óbvio, ela não esperava por isso.

Alice dispensou seus colegas e foi até ele, Alice estava bonita, apesar de usar calças jeans e uma camisa escrito "Polícia Federal". Claro que nunca em seus melhores sonhos ou piores pesadelos ele estaria encontrando uma mulher vestida com a camisa da Polícia Federal, afinal pagava seus impostos em dia e era honesto, esse pensando o fez rir um pouco.

Mas todo o riso acabou quando ela se aproximou e disse:

— Pois não? O que você quer comigo?

Ele achou muito frio da parte dela, mas já estava ali não podia voltar atrás.

— Mandei um de meus funcionários entregar um pedido de desculpas, mas ele não foi bem recebido, aí resolvi vir pessoalmente. — Conseguiu dizer, meio sem respirar para falar tudo de uma vez.

— Fez muito mal — replicou Alice, contrariada. — Não precisa me pedir desculpas, nem mandar seus pitbulls me trazerem nada, estou aqui fazendo minha função e o que tínhamos para conversar, conversamos na sua casa naquele dia.

Robert ficou espantado com a audácia daquela mulher, na verdade para ele, mulheres sempre foram fáceis, afinal ele era um homem elegante, charmoso e principalmente rico. Mesmo enquanto casado, elas caíam aos seus pés e em braços de monte depois que se separou, passava qualquer dia sozinho somente se quisesse, coisa que ele vinha querendo ultimamente, um pouco de paz para pensar na vida.

Mas a atitude de Alice despertou algo em Robert, algo que há muito não sentia, ou que talvez nunca tivesse sentido, talvez fosse ódio, a forma como ela o desafiava, como tratava seus seguranças e como pareceu não estar nem aí com a posição social dele. Aliás, será que ela sabia a posição social dele? Devia supor, uma vez que teve poder o bastante para expulsá-la de sua casa, casa não, mansão, alguém que morava em um lugar daqueles devia ter muito dinheiro e influência.

Robert saiu de seus pensamentos quando ouvi a voz de Alice novamente.

— É só isso? Tenho mais o que fazer.

Robert, sem saber o que dizer ou fazer, concordou com a cabeça e viu Alice partir.

Mais tarde em sua casa, não conseguia tirar Alice da cabeça, ela era linda, cabelos longos e loiros, olhos verdes brilhantes, corpo escultural que ele conseguiu notar, mesmo com aquele uniforme cobrindo quase tudo, seu rosto tinha algo de angelical, mesmo com aquela cara de brava, e não estava nem aí para sua importância social nem seu dinheiro, na verdade no momento Alice queria era mais ferrá-lo do que qualquer outra coisa. Sua noite foi horrível novamente.

Capítulo 13

A VISITA

Alice ficou inquieta desde o dia que Robert a procurou em seu serviço, isso ocorreu três dias atrás, mas ainda estava incomodada, quem ele pensava que era? Que uma florzinha qualquer iria fazê-la desistir de juntar provas contra ele? Estava muito enganado, Alice levava seu trabalho muito a sério. Foi arrancada de seus pensamentos quando a secretária do Dr. Andrade disse que ela deveria ir à sua sala. "O que ele podia querer agora?", pensou Alice, ansiosa, sempre que ele a chamava não era para elogiar nem dar aumento.

Quando bateu e entrou na sala do diretor, deu de cara com ele e com Robert no canto da sala, ela gelou, com certeza ele teria ido reclamar de sua conduta e o diretor, como sempre, ficaria contra ela. Robert estava lindo, com uma calça colada, uma camisa social justa com dois botões abertos, estava encostado em um armário no canto da sala olhando fixamente para a porta por onde Alice entrou.

— Pois não, Senhor Andrade, me chamou?

— Sim, Alice, o Senhor Robert tem algumas informações sobre o crime que infelizmente ocorreu em sua casa e gostaria de registrar.

— Mas, Senhor Andrade — disse ela, apreensiva. — Eu não tomo depoimentos, somente visito locais de crime.

— Eu sei, Alice, mas aquele dia seu trabalho ficou um pouco prejudicado, porque o Senhor Robert não estava em condições e hoje ele gostaria de conversar com você.

Falando isso, Andrade saiu da sala e deixou os dois sozinhos.

Alice, muito contrariada, pegou um papel e uma caneta da mesa de Andrade e, encostando-se nela, disse:

— Pois não, senhor Robert, o que tem para nós?

Robert olhou para ela com um olhar que ela não soube como definir, parecia desconfiado, parecia triste, parecia arrependido, mas ela também não tentou adivinhar.

Robert ficou meio desorientado quando sentiu o cheiro dela na sala, ficou meio sem jeito e sem palavras, coisa que jamais acontecia com ele, grande empresário e sempre disposto a tomar decisões importantes, nada tirava sua concentração, porém Alice estava o tirando do sério, por fim falou:

— Bom, naquele dia na minha casa, eu realmente estava transtornado, e acabei fazendo coisas que não deveria.

— Como expulsar os profissionais que estavam colhendo indícios sobre um crime? — falou ela, impaciente.

— Sim — disse ele, com voz um pouco trêmula —, mas, como disse, são coisas que me arrependo, na verdade queria me colocar à disposição para esclarecer qualquer coisa agora, quem sabe possa ajudar.

— Bom, Senhor Robert, não deve ser de seu conhecimento, mas o local de um crime e o corpo da vítima nos contam muito sobre o ocorrido, por vezes, contam tudo, acho que nada que o senhor tenha a dizer será tão precioso quanto a análise do local. Mas — falou ela, alongando o som do "S" em tom de ironia —, como o senhor quer falar, vamos lá. O Senhor chegou que horas na noite anterior?

— Às 11h50, aproximadamente, tinha acabado de chegar de uma viagem cansativa e vi que minha filha estava em casa, o que estranhei, porque ela realmente não fica muito na minha casa, tem seu próprio loft e fica lá quando está no Brasil.

— Sei — disse ela, anotando alguma coisa. — Mas, então, ela já estava dormindo quando o senhor chegou? O senhor falou com ela?

— Na verdade não, fui avisado por meu segurança que ela estava acompanhada pelo senhor Henrique, o que me causou inquietação, porque nunca aceitei esse namoro, mas havia deixado claro que se quisesse namorá-lo, que fosse longe da minha casa.

— Muito bem, e por que o senhor nunca aceitou esse namoro, Senhor Robert?

Ele sabia que ela fazia questão de falar senhor Robert todas às vezes para manter o máximo possível de formalidade e para deixá-lo inseguro, e sabia também que ele não gostar do rapaz piorava sua situação. Mas ele não estava em condições de argumentar, sem contar que seu olhar fixo e penetrante o deixava sem chão.

— Bem, na verdade, esse tal de Henrique não representava nem de longe o que eu desejei para minha filha.

— Por que ele era pobre? — interrompeu ela, provocativa.

Ele a olhou com olhar de reprovação, ela não sabia se era por ter sido interrompido ou pelo comentário, mas para falar a verdade não se importava, tinha raiva daquele homem e quase certeza que ele era culpado.

— Continuando, o Henrique, que na verdade nem sei se é esse era de fato o nome dele, era um cara sem direção, sem passado, sem futuro aparente, conheceu minha filha de forma muito estranha e não tinha nada a oferecer para ela, e acho que era envolvido com drogas, tinha medo por minha filha. E no fim eu estava certo, olha onde ela se meteu?

— Louvável, Senhor Robert, mas infelizmente não podemos escolher para os outros, não é mesmo? — Nesse momento ela pareceu um pouco complacente, mas ele não tinha certeza. — Mas, me diga, o senhor já teve alguma vez alguma desavença com o Senhor Henrique?

— Não entendi a pergunta, por acaso sou suspeito? — replicou Robert, com olhar fixo nela.

Alice percebeu que passou um pouco do limite, na verdade não era seu papel tomar interrogatórios, muito mesmo indagar esse tipo de coisas, e poderia até atrapalhar as investigações, se Bruce soubesse disso iria matá-la.

— Não, claro que não — disse ela, disfarçando sua raiva. — Me conte mais sobre aquela noite e a manhã seguinte. O senhor não ouviu nada durante a noite?

— Minha casa é muito grande. — Ele percebeu que ela revirou um pouco os olhos em tom de deboche, mas ele deixou passar. — E dificilmente ouço o que ocorre na sala, ou no quarto de minha filha. Quando Wilson me falou que Henrique estava dormindo aqui com minha filha, fiquei realmente chateado, com vontade de abrir a porta e tocá-lo dali, mas estava muito cansado, chateado, e resolvi conversar com ela no dia seguinte. Sabe, policial Alice, minha filha é uma menina muito doce, querida e amável, nunca me deu problemas, sua mãe e eu nos separamos quando ela tinha 17 anos e ela decidiu ficar comigo, até porque a vida da mãe era viajar, então ela ficaria sozinha. Éramos muito próximos e confidentes, mas foi então que ela achou esse tal de Henrique e as coisas mudaram, ela me afrontava, pedia dinheiro e não aceitava meus conselhos, até por isso fiquei mais admirado quando vi que ela foi para minha casa. Naquela noite fui deitar muito chateado e não dormi direito. Na manhã seguinte logo que acordei ouvi um grito de minha empregada e desci as escadas correndo, quando me deparei com aquela cena que a senhora viu. Em seguida minha filha desceu e já começou a gritar e ficar totalmente fora de controle.

— Entendo, disse ela. — E o senhor conseguiu conversar com sua filha sobre o motivo de ela ter ido passar a noite na sua casa?

— Na verdade, desde então, não consigo falar com minha filha, ela está descontrolada e pede para que a polícia e todos não se aproximem dela. Foi até por isso que pedi para vocês saírem, ela estava totalmente desequilibrada, a mãe tem passado um tempo com ela, mas ela não quer nem a presença da mãe e está sob o efeito de calmantes.

Nesse momento ele pensou ter visto uma pouco de piedade em seus olhos, mas ela era firme e não se deixava abater. Ela terminou as perguntas, agradeceu e quando foi sair da sala, Robert segurou seu braço, ela olhou para a mão dele em volta de seu braço e falou:

— O que pensa que está fazendo?

Ele calmamente respondeu:

— Aceita jantar comigo como um pedido de desculpas?

Ela ficou um pouco sem graça, mas logo falou:

— Não tem nada que se desculpar, senhor, se tiver mais alguma informação importante peço que procure o investigador do caso. Ah, e mais uma coisa, se eu fosse o senhor, contrataria um advogado, o senhor teve um homem morto em sua sala e quem mais poderia falar a seu favor está sob o efeito de calmantes. — Ela puxou o braço e saiu.

Robert ficou desolado, passou o dia absorto em seus pensamentos, o que ela queria dizer? Que ele era suspeito? Quem ela pensava que era? De qualquer forma achou melhor conversar com seu advogado, pediu para a secretária marcar uma hora com Rubens no dia seguinte.

Capítulo 14

DR. RUBENS

Rubens, ou Binho, como era chamado pelos amigos, era um advogado de 48 anos, jovem ainda, mas com uma vasta experiência, foi vitorioso em vários casos de homicídio e era amigo pessoal de Robert.

Rubens não era casado, dono de uma beleza que o diferenciava de qualquer um de sua idade, ele sempre dizia "Se tem tantas mulheres, por que ficar com uma só?". E normalmente chamava Robert para suas orgias em sua casa de praia em Torres, mas Robert normalmente recusava, não que também não saísse com muitas mulheres, mas não gostava das orgias de Rubens, sem nenhum controle.

Tirando isso, Rubens era extremamente confiável e bom no que fazia. Chegou na hora marcada.

— Meu caro Robert, em que enrascada você se meteu? Sabe que cobro por hora, né? Mas para os amigos posso fazer um desconto — rindo, abraçou Robert, que não estava tão animado assim.

Desde a conversa com Alice, não conseguia tirá-la da cabeça, achava que era por causa de sua insolência, nunca ninguém o tratara assim, mas tinha algo de doce em seu olhar que ele queria ser capaz de merecer.

— Meu caro, Rubens. — Finalmente ele conseguiu falar. — Você lembra do namorado de Anita, não é?

— Claro que sim, meu amigo, isso te deixou transtornado por dias.

— Então — continuou Robert —, Henrique foi assassinado dentro da minha casa, eu e a Anita estávamos em casa, e teoricamente ninguém viu nem ouviu nada.

Rubens ficou pensativo por um momento e então falou:

— E o que exatamente você precisa de mim? Digo isso porque sou advogado criminal e minha dúvida consiste em saber se você precisa de um advogado de acusação, o que necessitaria de um acusado, ou um advogado de defesa, então me diria que você e Anita estão bem encrencados.

Robert, que estava em pé, se deixou cair na cadeira. Após um grande suspiro falou:

— Acho que eu estou encrencado, mas nem sei direito por que, parece que eu não gostar do rapaz e a segurança da minha casa ser impenetrável me tornam suspeito.

Eles conversaram sobre tudo, Robert explicou tudo com detalhes para seu amigo Rubens e após terminar ouviu Rubens dizer:

— É, de fato, você está encrencado, principalmente a parte de você ser um babaca, idiota e expulsar do local do crime a equipe de peritos criminais que estavam coletando indícios e provas. — Mas Rubens se recompôs em seguida: — Meu amigo, por enquanto você não é acusado de nada nem suspeito, por isso, vamos recordar os velhos tempos e tomar umas em um bar cheio de gatas, inclusive a minha vai estar lá.

Robert novamente deu um grande suspiro e disse:

— Obrigado, meu amigo, mas acho que vou para casa, prefiro descansar e pensar no que vou fazer daqui para frente.

Mas Rubens insistiu, disse que ele ir para casa e ficar deprimido não iria resolver nada. Então para acabar com a insistência do amigo, Robert foi.

Capítulo 15

O BAR

O bar era aconchegante, com um ar rústico, tinha grandes pilares de madeira, uma cobertura alta que parecia de casas antigas e muitas velharias penduradas na parede, tinha música ao vivo e uma pequena pista para quem quisesse arriscar uns passos de dança. O que com certeza não era o caso de Robert. Sentaram-se no balcão e ambos pediram uma dose de whisky, começaram a conversar sobre assuntos do dia a dia. Robert viu que Rubens queria tirar ele daquela paranoia.

Mas aquela noite poderia ser muito mais interessante que Robert imaginava, de repente ele viu Alice entrar no bar, não com aquele uniforme assustador de policial federal, mas com um vestido curto, branco, que dava às suas curvas uma perfeita definição, ele não podia imaginar que ela fosse tão incrível, e mais, ela estava sorrindo, não para ele, é claro, mas seu sorriso iluminava seus olhos verdes e sua pela levemente bronzeada.

Quando seus olhos encontraram os dele, seu sorriso sumiu na mesma hora, ela ficou por um momento vulnerável e ele pôde sentir toda a doçura em seu olhar, queria poder possuir aquela doçura, mas não foi isso que ocorreu, em seguida ela virou a cara e foi para sua mesa. A mesa ficava bem na direção deles, mas ela fazia questão de não olhar.

Quando já havia passado boa parte da noite, Rubens já estava com sua prometida, Robert viu que Alice estava em uma mesa no canto, em um banco alto, tomando um drinque sozinha, ele não perdeu a chance e se aproximou, ela levou um susto com sua aproximação e novamente por um segundo ele pôde ver sua vulnerabilidade.

— Oi — disse ele assim que chegou. — Não imaginava que você também se divertisse, achei que gostava somente de crimes e de julgar as pessoas — falou em tom irônico.

Ela olhou para ele com olhar de fúria. Ele estava maravilhoso, com uma camisa polo preta e uma calça jeans colada, corpo escultural, não que ela tivesse notado, porque não estava nem aí para ele. Enfim, ela disse:

— Não julgo ninguém, Senhor Robert, isso é função do juiz, eu somente levanto indícios que podem virar provas, serviço esse que o senhor não me deixou fazer.

Ele deu um pequeno gemido e falou:

— Você nunca vai esquecer isso, não é? Já pedi desculpas, já expliquei, já tentei ajudar com o que pude, não é possível dar uma trégua?

Ela sentiu-se um pouco mal por ser tão agressiva e resolveu dar uma aliviada:

— Tudo bem, vamos esquecer isso por hoje, afinal não estou trabalhando agora, e podemos fazer de conta que acabamos de nos conhecer.

Ele achou isso fantástico, pelo menos por algumas horas não falariam desse assunto desagradável.

— Muito prazer, meu nome é Robert.

Ela riu e disse:

— Prazer, sou Alice.

— Tomando drinques de frutas? — perguntou ele para engatar um assunto.

— Na verdade frutas e água com gás, sem açúcar, claro.

Ele riu, pediu ao garçom um igual e daí em diante a conversa fluiu normalmente.

Conversaram alegremente sobre outros assuntos, os amigos dela se apresentaram e pareceram muito legais. Ele percebeu os olhares de Samuel para ela, o que o deixou inquieto, mas ele nem soube ao certo por que, mas também notou que ela não se importava, o que o tranquilizou.

Quando ela se levantou para ir ao banheiro, ele se colocou na frente dela, deixando-a acuada entre ele e a parede, ele ficava realmente doido quando ela fazia aquele olhar de entrega. Finalmente ele disse:

— Vamos dançar?

Ela ficou sem reação por um momento, então falou:

— Estava indo ao banheiro.

— Estava. Agora vai dançar.

Realmente dançaram como se tivessem acabado de se conhecer, ele na verdade não gostava de dançar nem tinha tempo para isso, fazia uns 25 anos que não dançava, mas realmente achou maravilhoso. Sentiu o cheiro de baunilha do cabelo dela, o hálito quente de sua respiração em seu pescoço, e seu corpo começou a dar sinais que estava realmente gostando, então achou melhor parar.

Quando resolveram ir embora, ele ofereceu carona, mas ela olhou para seu carro e seu motorista e disse finalmente.

— Vai com seu pitbull?

Ele realmente não gostava que ela falasse assim, mas alguma coisa entre eles permitia que ela falasse como quisesse, talvez pelo fato de que ela não estava nem aí para os questionamentos dele, nem para sua posição e muito menos para seu dinheiro.

— Sim, com meu pitbull, mas na verdade chamo ele de Charles, é muito bom no que faz, você deveria dar uma chance a ele.

— Não obrigada, estou de carro e prefiro dirigir eu mesma.

Ele a levou até o carro, um carro básico, moderno e novo, mas básico como ele achava que nem sua empregada tinha. Assim que chegaram ao carro ela foi abrir a porta, mas ele segurou e ela ficou entre o carro e ele. Novamente aquele olhar acuado que o deixava doido. Ele se aproximou mais e a beijou, enquanto ela o empurrava com a mão em seu peito. Mas a resistência logo acabou, quando ele apertou seu corpo contra o dela, ela finalmente cedeu e entregou sua boca completamente a ele, isso o deixou louco e ela podia notar o volume que crescia entre suas pernas, ela deu um pequeno gemido. Era perita sim, uma mulher de fibra e determinada, mas era mulher, e ele era um homem muito atraente e cheiroso, o que ficava bem difícil de resistir.

Assim que ele acabou o beijo, disse baixinho:

— Então deixa eu ir com você?

— Melhor não, vai com seu pitbull, ele está te esperando e eu tenho compromisso amanhã cedo.

Muito a contragosto ele se afastou e deixou-a entrar no carro. Ficou parado ali um tempo para voltar ao seu estado normal, e retornou ao carro para ir para casa. Na verdade, ela não tinha compromisso, mas não podia permitir aquela aproximação, estava ficando louca, beijando um suspeito de crime. Ela foi para casa irritada consigo mesma.

Chegando em casa, Alice foi direto para o banho, precisava esfriar a cabeça, ele realmente mexia com ela, mas com certeza isso não era a coisa certa a se fazer. Com certeza ele estava se aproximando para ela aliviar os indícios que iria mandar para o investigador, mas isso jamais aconteceria. Claro que o volume no meio das pernas dele dizia que era muito mais que apenas facilitar a investigação para ele, claro que tinha excitação, mas homem era assim, excitava-se com qualquer coisa, assim terminou o banho e foi para a cama, e claro, não conseguiu dormir.

Robert, por sua vez, chegou em casa e foi beber outro drinque, não parava de pensar nela, naqueles olhos brilhantes, intensos e entregues quando estava com ele, no quão ela era frágil e ao mesmo tempo intensa em seu cheiro, em seu beijo. Ele só podia estar ficando maluco, ela não tinha absolutamente nada a ver como ele, tinha nível social completamente diferente, era arredia, bruta e, pior, estava tentando incriminá-lo de alguma coisa que ele ainda não entendia ao certo, mas sabia que ela queria isso. Finalmente foi se deitar, mas também não conseguiu dormir.

Capítulo 16

A TENTATIVA DE SUICÍDIO

Aquela manhã começou muito agitada para Robert, acordou com sua empregada batendo na porta de forma desesperada, quando ele abriu, ela falou:

— Ajuda, ajuda, é a Senhorita Anita.

— O que houve? — perguntou Robert, assustado.

— Venha, Sr. Robert, pelo amor de Deus, ela tentou se matar.

Ele correu para o quarto de Anita, que estava deitada na cama com os olhos arregalados, branca como a neve, ele a pegou no colo e falou para a empregada:

— Fale para preparar o carro, vamos para o hospital.

Já no hospital ligou para Alice, não sabia ao certo para que, mas queria ligar, talvez ela soubesse como lidar com a situação, talvez fosse preciso incluir essas informações no caso. Parou um pouco e lembrou-se de sua carinha de sapeca quando ele pediu seu número e ela pediu seu celular para colocar, ficou com cara de moleca querendo dizer "agora posso mexer em tudo", mas colocou seu número e devolveu para ele. Ela tinha um jeito de menina, de brava, mas também tinha um jeito de mulher quando o beijou e se entregou a seu beijo. É, definitivamente, ela estava mexendo com ele de alguma forma. Alice o tratou com complacência e foi gentil.

Alice não gostava muito de hospitais, apesar de ela sempre trabalhar com situações tristes, hospitais lhe traziam uma tristeza extra. Ela entrou na recepção e observou tudo muito arrumado, flores deixavam o ambiente mais alegre, ou será que ela podia dizer menos triste, se aproximou do atendimento e perguntou sobre Anita Verano, foi encaminhada para o quarto andar, uma ala muito chique do hospital. Era certo que era atendimento dos ricos. Andou por corredores muito quietos, a não ser pelo barulho dos carrinhos de comidas e remédios, até que viu Robert, ele estava bem abatido, ela ficou com pena, mas não podia esquecer do crime em sua casa e que ele era um suspeito, pelo menos para ela, ele era suspeito.

Robert sorriu quando viu Alice entrando no corredor, com sua bela camiseta dizendo o que ele não gostava, Polícia Federal, e com seu assistente que na noite anterior não tirou os olhos dela.

— Oi, Robert, como ela está?

— Está melhor, fizeram uma lavagem estomacal e agora está dormindo. Estou aqui fora um pouco, aliviando a cabeça.

Assim que se cumprimentaram, Samuel saiu para pegar um café, o que causou um alívio para Robert, que pôde conversar mais à vontade com Alice, se bem que sua camiseta não o deixava muito à vontade. Ele contou o que ocorreu e finalmente disse:

— E agora estamos aqui, não sei, talvez tenha que internar Anita, ela não está bem.

Mal acabou de falar, um barulho de voz feminina quebrou o silêncio dos corredores, Beatriz vinha com seu jeito espalhafatoso de ser, falando e chorando muito. Abraçou Robert e disse:

— Como está nossa menina? Robert, tentando acalmá-la, abraçou-a e disse:

— Agora está bem.

Então ela, num momento de desespero, disse:

— Foi tudo culpa minha.

Enquanto Robert tentava acalmar Beatriz, olhou para Alice, que se afastava vagarosamente.

Alice achou tudo aquilo um pouco estranho, intenso, mas não sabia como eram essas coisas, não tinha filhos nem proximidade com a família, então não sabia como essas emoções funcionavam, mas uma coisa não saía de sua cabeça: “FOI TUDO CULPA MINHA”.

Naquele dia Alice não conseguiu se concentrar muito no serviço, pensava na noite anterior e se repreendia por aquilo. Em seguida pensava no que ouviu no hospital. “FOI TUDO CULPA MINHA”. Ela não conseguia entender o porquê essa frase não saía de sua cabeça, sabia que os pais normalmente se culpavam pelas bobagens que os filhos faziam, mas não parava de pensar naquilo.

Capítulo 17

BRUCE, O INVESTIGADOR

Bruce já era investigador há 16 anos, era um dos melhores de sua região, pegava casos inexplicáveis e com ajuda da perícia colocava criminosos atrás das grades. Bruce era um homem de 1,72 de altura, um pouco acima do peso, com cabelos fartos e olhos castanho-escuros, era um homem bonito por assim dizer, mas malcuidado, pelo menos era o que Alice achava, ele vivia cantando Alice, mas ela sabia que era brincadeira, conhecia sua mulher, uma loira lindíssima de 1,70 e olhos azuis de parar o trânsito, Bruce era extremamente apaixonado por ela.

Ele entrou na sala de Alice lá por cinco da tarde, ela até se assustou, pois estava perdida em seus pensamentos.

— Tá assustada? — falou ele. — Tá devendo para alguém? — Depois se sentou em frente sua mesa. — Então, quero saber o que tem para mim no caso do maluco assassinado na mansão.

Na verdade, Alice achava um pouco grosseiro a forma como os investigadores tratavam as vítimas, mas já havia se acostumado, para eles era só mais um trabalho.

— Tenho muitas coisas, mas não sei se vai ajudar, fomos expulsos do local do crime, como você sabe.

Alice nem bem terminou de falar e se arrependeu em seguida, já havia perdoado Robert, então não podia ficar falando sempre daquilo. Mas já tinha falado.

— É, achei engraçado isso, nunca tinha visto isso acontecer, mas me diga, sei que pegou muitos indícios antes de sair.

— Peguei alguns, a sala estava revirada, o que indica briga, porém as fechaduras das portas estavam intactas, o que demostra que não houve arrombamento, mesmo porque a casa é uma fortaleza, seria impossível entrar sem passar pela segurança. Havia muitos respingos de sangue e muitas facadas, o que demostra passionalidade e ódio do agressor. Antes de sair observei a Senhorita Anita na cozinha, estava realmente transtornada. Inclusive hoje ela tentou suicídio, sabia?

— Para mim está muito claro, você disse que o pai não aceitava o relacionamento, que aquela noite ficou muito contrariado com a presença da vítima na casa dele, não houve arrombamento e o sistema de segurança é impenetrável, sem contar que ninguém ouviu nada. Claramente foi o Senhor Robert, vou indiciá-lo.

Ouvindo isso, Alice estremeceu, na verdade ela também achava que fosse ele, ou não achava, depois de tudo isso, ele parecia sincero, ou ela estava se deixando levar por seus sentimentos. Balançou a cabeça como se quisesse espantar algo e finalmente falou:

— Sim, tem que indiciá-lo.

Depois que Bruce esteve em sua sala, Alice não conseguiu mais ficar tranquila, ele iria indiciar Robert, mas será que isso não era um pouco precipitado? Pela manhã Robert passou pela tristeza de internar a filha, que tentou suicídio, agora seria indiciado, ela ficou superchateada com tudo aquilo e decidiu conversar mais uma vez com Robert. Então ligou e pediu para se encontrar com ele.

Ele pediu para que ela fosse ao apartamento de Rubens, seu advogado, disse que ficariam mais à vontade para conversar. Ela deixou o departamento às nove da noite e foi para casa tomar um banho e trocar de roupa, combinou de encontrar Robert às dez horas no apartamento do amigo.

Capítulo 18

O ENCONTRO

Rubens morava em uma região nobre da cidade, Alice parou quase em frente ao prédio, uma construção moderna com aparentemente 24 andares, Alice era boa em cálculo, estimativas, principalmente de medidas, era tão fissurada que em todos os lugares calculava de cabeça o tamanho da mesa, a distância até a lanchonete e ali a altura e andares do prédio. Seus amigos riam muito dela por isso, mas fazer o que, era um de seus defeitos.

Chegou à portaria e se identificou pelo interfone, em seguida a porta se abriu e ela entrou, o hall de entrada era muito bonito, com chão de mármore, alguns sofás luxuosos, orquídeas davam o colorido ao lugar. O porteiro indicou o elevador e disse: "24º andar, senhora", ela ficou radiante sabendo que tinha novamente acertado. Mas quanto mais o elevador subia, mais ela ficava ansiosa, não sabia se estava fazendo a coisa certa, sempre que não agia com a razão acabava se arrependendo.

Naquele caso, o certo seria chamar Robert no departamento de polícia e lhe fazer mais algumas perguntas para tirar as dúvidas, mas ele insistiu para ser fora de lá, disse que aquele lugar o deixava extremamente ansioso e ela acabou aceitando. O elevador parou no 24º andar, o que a levou a pensar por que uma pessoa optava por morar em um lugar tão alto, se o prédio pegasse fogo provavelmente ele não se salvaria. Mas assim que entrou no apartamento entendeu o porquê. A sala tinha janelas do chão ao teto, o que dava uma visão espetacular da cidade, à noite então parecia ainda mais lindo. Rubens a cumprimentou com muita cordialidade, aliás cordialidade típica de advogados quando precisavam de algo, ela conhecia bem e não gostava nenhum pouco deles, tinha sido outro erro, ir ao apartamento do advogado, mas de uns tempos para cá ela vinha cometendo vários deles.

Porém, quando viu Robert, tudo lhe pareceu certo, ele estava muito bonito, com uma calça caqui e uma camisa azul que mostrava seus músculos, que não eram tão aparentes, somente o suficiente para enlouquecer uma mulher, estava também com um perfume maravilhoso, que com certeza não falava português, como ela costumava dizer sobre as camisas do superintendente Andrade.

Robert veio ao seu encontro pegando sua mão e dando um beijo suave em seu rosto, o que fez seus pelos dos braços se arrepiarem. Rubens então falou:

— Fiquem à vontade, vou ouvir música e trabalhar no meu quarto.

Robert assentiu e olhou para ela oferecendo um drinque, ela pediu somente água.

— Bem — começou ela, sem saber ao certo o que falar. — Preciso que me conte tudo, quero poder ajudar, mas realmente as coisas não estão boas para você.

— Como assim não estão boas? Eu não tenho nada a ver com isso, sempre fui contra esse namoro, minha filha está internada em um hospital psiquiátrico e agora sou suspeito?

Ela olhou em volta, o apartamento era realmente fantástico, defender bandidos realmente dava dinheiro, pensou ela, no canto havia um bar elegante, com várias taças diferentes e muitas bebidas, ao lado do bar um grande piano de cauda dava um ar formal à sala, ela ficou pensando como aquele piano chegou lá, em seguida vinham os sofás brancos com uma pelúcia que ela teve vontade de acariciar, tinha ainda duas cadeiras que ela tinha certeza que custavam mais que seu carro, ao lado separado por meia parede estava uma cozinha muito bem desenhada com todos os utensílios que se usava em uma cozinha. Não na cozinha dela claro, porque ela nem sabia cozinhar.

— Na verdade você é o principal suspeito — disse ela de repente, assustando-se com o tom de sua própria voz, naquele momento tinha voltado a ser a policial e não mais apenas a Alice conversando com um homem bonito. Mas no momento que olhou para ele, com a cabeça entre as duas mãos, ela perdeu todo o seu tom agressivo e disse: — Sinto muito, Robert, queria poder ajudar.

Ele ergueu a cabeça e olhou para ela com um olhar penetrante.

— O que você disse?

— Que queria poder ajudar — repetiu ela.

— Não, antes disso?

Ela ficou pensativa e então disse:

— Robert?

Ele veio para cima dela e a beijou loucamente, ela até se assustou no início, mas depois se entregou àquele beijo tão desejado.

— Queria muito ouvir você dizer meu nome, sem senhor, sem ironia, sem desprezo.

Então ele se sentou novamente em seu sofá. Ela se levantou e foi até o piano, Robert ficou admirando seu andar, ela estava com um vestido preto justo que ia até o joelho e com sapatos de salto que realmente a deixavam mais atraente, mas ele na verdade gostava dela baixinha mesmo, simplesmente ela.

— Não sei o que fazer, Robert, hoje entreguei os indícios para o investigador e ele vai indiciar você, não posso culpá-lo, infelizmente todos os indícios apontam para você, e ainda teve aquele episódio.

Ela parou de falar quando sentiu a respiração dele em seu pescoço e por um segundo achou que iria cair, mas não precisou segurar-se, porque ele passou o braço em sua cintura e a apertou contra si.

— Shiiii. — Fez ele em seu ouvido. — Não vamos relembrar esse assunto, já fui perdoado, lembra?

Ela lembrava e agora estava totalmente sem controle de si, mas, independentemente de qualquer coisa, aquele fato fazia dele o principal suspeito. Ele chegou mais perto e começou a beijar seu pescoço, sua orelha, enquanto suas mãos passeavam por sua barriga, ele encaixou seu corpo exatamente no dela e ela pôde sentir o volume que aumentava entre suas pernas e encostava em sua bunda, ela soltou um pequeno gemido, o que fez Robert enlouquecer.

Ele a virou, e a beijou intensamente nos lábios enquanto sua mão passeava pelo seu corpo, ele ergueu seu vestido enquanto ela abria os botões de sua camisa, tudo de forma intensa, tudo numa entrega louca de ambas as partes, ele tirou o vestido e em seguida abriu o fecho do sutiã com uma habilidade que fez ela pensar quantas vezes ele havia feito aquilo, assim que o sutiã caiu, voltou a beijá-la e a erguendo pela bunda colocou-a sobre o piano, em seguida a penetrou com muita intensidade, ela teve vontade de gritar, mas sabia que o Rubens ouviria, aliás ele poderia entrar na sala a qualquer momento, e isso dava mais intensidade àquela situação.

Assim que terminaram, Robert extremamente exausto a ergueu e a abraçou como se precisasse daquilo por toda sua vida. Alice retribuiu o abraço, mas em seguida desceu do piano e vestiu-se, olhou para ele e disse:

— Acho que não tenho mais nada para fazer aqui, queria poder ajudar, mas acho que acabei estragando tudo.

— Não — disse Robert rapidamente. — Não fale isso, não estragamos nada, eu sou inocente e não tenho medo da justiça, sempre fui honesto e vou fazer de tudo para provar minha inocência.

Alice ficou encarando-o por alguns segundos e finalmente disse:

— Preciso ir.

Virando-se para porta começou a andar, foi detida pela mão de Robert em seu braço.

— Você não acredita em mim, não é?

Por uma fração de segundo, Robert pensou ter visto um olhar de compaixão, mas em seguida ela puxou o braço e disse novamente:

— Preciso ir.

Ela saiu do prédio rapidamente, desta vez nem conseguiu notar a beleza do lugar, só queria sair dali, desfazer tudo isso, mas era tarde.

Alice chegou em casa transtornada, como aquilo teria acontecido, nunca antes ela tinha se envolvido com um suspeito, na verdade nunca havia se envolvido com qualquer pessoa que fosse de seu convívio profissional. Tirando a vez em que ela acabou transando com um investigador gostosão que foi cobrir a licença de Bruce, mas tirando esse deslize, era totalmente profissional.

Robert ficou ali, olhando a bela paisagem e pesando no que se envolvera, a filha internada em um hospital psiquiátrico, o namorado dela morto, sua casa um local de crime e ele agora não parava de pensar em uma mulher que nem de longe fora o que ele sonhará, se é que algum dia havia sonhado com alguma mulher. Precisava conversar com Alice e provar sua inocência, nem ele sabia ao certo por que queria tanto isso, tinha um dos melhores advogados do Brasil, não havia indício nenhum seu na cena do crime, mas ele queria provar especificamente para Alice sua inocência.

Capítulo 19

NÃO, NÃO ACREDITO

Naquele dia Alice chegou ao trabalho mais tarde, havia passado no parque para caminhar, pensar na vida e no que deveria fazer, tinha tomado uma decisão, não iria mais trabalhar naquele caso, iria passar para outro perito, não tinha condições psicológicas nem morais para continuar. Porém tudo mudou no momento que entrou no prédio e a secretária disse:

— Tem um senhor aí que quer falar com você, Alice.

Ela ficou espantada e parecia que estava sentindo que era ele.

— Onde ele está?

— Na sua sala — respondeu a secretária.

Ela entrou na sala um pouco irritada, a secretária sabia que não era para ninguém entrar em sua sala, mas ela era insolente e sempre fazia o que não era para fazer. Sua impaciência acabou no mesmo momento que viu Robert, ele parecia abatido e triste, mas isso não tirava nenhum pouco seu charme. O perfume dele tomou conta de todo o ambiente e ela fraquejou. Finalmente se recompondo, disse:

— Em que posso ser útil?

Robert sabia que talvez não fosse a coisa certa a fazer, Rubens havia orientado que não fizesse nada sem consultá-lo primeiro, mas Robert precisava fazer aquilo, precisava falar com ela pelo menos mais uma vez.

— Na verdade, Alice, vim novamente me desculpar, acho que só faço isso ultimamente, sei que o que fizemos parece um erro, devido a nossa situação atual, mas não me arrependo em nada, faria tudo novamente, você mexe comigo e quando estou com você não uso muito meu lado racional.

— Acho que ninguém aqui está usando seu lado mais racional, certo? — disse ela. — Mas pela lógica, um crime aconteceu em sua mansão, que possui um sistema de segurança altamente eficaz, não houve arrombamento, a vítima tinha uma pancada na cabeça ocasionada por um objeto de sua sala que obviamente tem suas digitas e as facadas são de alguém de quem tem um grande desafeto, ou seja, o senhor é o principal suspeito — falou ela, largando sua bolsa na cadeira e com o ar lhe faltando nos pulmões, sem sabe como conseguiu dizer tudo aquilo.

Ele se aproximou, pegou seu braço e falou a uns centímetros de sua boca:

— Você acredita realmente nisso?

Essa atitude a pegou de surpresa, claro que com ele tão próximo, ela sentido seu hálito quente em sua boca, já não acreditava em mais nada, nem mesmo se era capaz de falar alguma coisa.

Mas ela conseguiu se recompor, saiu da frente dele e falou:

— Não importa no que eu acredito, Senhor Robert, fatos são fatos e contra fatos não há argumentos, só produzo provas e as que temos levam todas ao Senhor.

— Sim — disse ele, apreensivo. — Foi por isso que contratei o melhor advogado criminal do Brasil, mas não foi isso que perguntei. Perguntei se você acredita nisso?

Nesse momento ele estava tão próximo e ela tão perdida em pensamentos que não foi capaz de responder, finalmente ele a beijou e ela se entregou totalmente àquele beijo, não podia ou não queria resistir. Ele tirou rapidamente sua camiseta, aquela que ele não gostava dizendo Polícia Federal, e abriu novamente com um único toque o fecho de seu sutiã. Agora sim, agora era ela, a Alice que ele queria, a Alice que era dele, que se entregava totalmente.

Aquilo era totalmente insensato, ela estava ali, dentro de sua sala no departamento de polícia transando com um suspeito e não conseguia raciocinar o suficiente para dizer não, quando ele baixou suas calças, a virou contra sua mesa e a penetrou, ela realmente esqueceu de tudo e se entregou totalmente. No final de tudo, com ele ainda dentro dela, ela conseguiu dizer ofegante:

— Não, não acredito.

Capítulo 20

MUDANDO O FOCO

A obstinação de Alice mudou totalmente de foco, até algum tempo atrás ela estava determinada a provar que aquele canalha do Senhor Robert era o principal suspeito do crime bárbaro que ocorrera em sua casa, mas agora ela tinha outro foco, que era justamente ao contrário, provar que ele não tinha nada a ver com aquilo, ela precisava disso, precisava provar para si mesma que não poderia se enganar tanto com os olhos, o toque e os gestos de uma pessoa.

Robert chegou ao seu escritório naquele dia totalmente animado, deu a tarde de folga para Lene e falou para cancelar todas as suas reuniões, fazia muito tempo que Lene não o via assim tão feliz. Ele entrou em sua sala e ficou pensando por um longo tempo, não sabia de fato o que poderia acontecer, sabia da competência de Alice e que certamente as provas estavam todas contra ele, mas isso não importava mais, o que importava agora para ele era que ela tinha dito: "Não, não acredito". Essas palavras foram sinceras, porque foi no maior momento de intimidade deles e nos poucos momentos em que ela se entregava totalmente, ficando vulnerável e totalmente disponível para ele.

Claro que assim que terminaram de fazer sexo, ela se recompôs e pediu que saísse, voltando a colocar sua camiseta e sua armadura de policial durona, mas os olhos dela não mentiam, havia algo diferente. Ele faria de tudo para provar sua inocência, não somente porque era inocente, não somente para não ir para a cadeia, mas principalmente para mostrar a Alice que deveria confiar nele, sempre.

Robert sempre fora um homem obstinado, realmente não era um cavalheiro absoluto com as mulheres, e claro havia traído sua ex-mulher várias vezes, desde muito cedo começou a trabalhar com o pai, o Senhor Dario Verano, um homem muito distinto e agradável, amou sua mãe até os últimos dias de sua vida e Robert achava que jamais havia traído, mas seu pai sempre foi muito discreto com sua vida pessoal.

Robert se espelhara no pai, era tão profissional e competente como ele, e o que aprendeu desde cedo é ser justo e digno. "Deitar a cabeça em seu travesseiro e dormir em paz, meu filho, não tem preço". Robert jamais esqueceu dessas palavras e jamais havia feito algo contra a lei. Queria um dia poder se igualar ao pai, tanto profissional como emocionalmente, queria ter alguém para amar e respeitar, mas ele achava que essa segunda parte não estava preparada para ele, mas quanto à dignidade, ele era muito exigente consigo próprio, pagava todos os impostos corretamente, mesmo alguns amigos dizendo que ele era otário, que tinha muitas formas de diminuir esses valores.

Trabalhara duro para triplicar a fortuna do pai, e hoje tinha muitas propriedades, dinheiro no banco e ações, estava com a vida tranquila, a única coisa era que trabalhava demais.

Porém, agora se via envolvido com essa tragédia e, no fim, ele, que sempre fora tão correto, não passava de um simples suspeito, apesar de não gostar daquele rapaz, jamais faria tal coisa, ainda mais dentro de sua casa, onde obviamente afetaria sua filha. Mas para ele não importava porque ele ouvira "Não, não acredito".

Capítulo 21

A CLÍNICA PSIQUIÁTRICA

Anita já estava na clínica há algumas semanas e apresentava significativa melhora, claro, não falava do ocorrido, mas os médicos diziam ser normal, que a mente apaga aquilo que nos faz sofrer.

Robert fechou sua sala, chamou o motorista e desceu de elevador, chegando próximo ao carro, resolveu dispensar Charles e ir dirigindo ele mesmo, não sabia ao certo por que fez aquilo, mas sentia-se feliz com essa atitude.

A clínica ficava a uns 40 minutos de carro, mas ele estava sem pressa naquele dia, queria aproveitar cada minuto, era o dia mais feliz dos últimos tempos, ele pensará melhor e achava que era o dia mais feliz de toda sua vida, não conseguia esquecer de Alice. “Não, não acredito.”

Chegando à clínica, Robert se identificou na portaria, que tinha um forte esquema de segurança, ficou um pouco apreensivo, mas sabia que era necessário, o lugar era muito bonito. “Também, pela fortuna que custava, tinha que ser o céu”, pensou ele, tinha uma grande área verde, e belos jardins, passeavam nas ruas em volta do jardim pessoas internadas acompanhados de seus enfermeiros, havia no jardim vários bancos pintados de branco, o que dava serenidade ao lugar, tinha inclusive um lago com peixes laranjas e amarelos passeando de um lado para outro, o lago era maravilhoso, mas era cercado com grades altas, por motivos óbvios.

Roberto desceu do carro e foi caminhando pelas belas calçadas todas ladeadas de flores da estação, tudo muito alegre, tirando o fato que ninguém que estava lá tinha algum motivo para alegria, exceto ele, que estava em estado de felicidade total.

Viu de longe Anita sentada em um banco com a cabeça baixa, ele se aproximou e cumprimento a enfermeira com um aceno de cabeça, ela rapidamente se afastou para dar liberdade para eles conversarem.

— Oi, minha filha.

Anita ergueu a cabeça e o abraçou.

— Que bom que veio, papai.

— Sempre venho, minha querida, mas acho que você não deve se lembrar de tudo, isso é normal, o médico disse.

Anita ficou olhando com os olhos fixos nos seus, parecendo que queria dizer algo, mas acabou não falando nada.

— Como você está, Anita? — perguntou ele, quebrando o silêncio.

— Estou bem, papai, queria ir para casa

— Você acha que já está em condições de ir para casa, minha querida?

— Sim, papai, acho que estou bem, só quero seguir com minha vida.

Robert ficou feliz, mas ao mesmo tempo apreensivo, não sabia ao certo se ela estava preparada. Para quebrar o silêncio ele disse:

— E sua mãe tem vindo te ver, minha querida?

Ela olhou para ele com olhar apreensivo, ele era capaz até de dizer assustado o que o deixou confuso, ela e a mãe nunca se deram bem, Beatriz tinha sua própria vida e não se envolvia muito com os problemas da filha, inclusive acabou de pensar se ela sabia sobre esse namoro, mas mesmo assim ambas tinham carinho uma pela outra.

— Não vem, papai, e não quero que venha, não quero contato com essa mulher, ela me faz mal — disse Anita, com os olhos marejados.

Robert achou muito estranho, realmente ela e a mãe não eram tão próximas, mas não a esse ponto. Enfim, preferiu não falar mais sobre aquilo, passaram a tarde conversando e caminhando pelo jardim. Robert iria ver sobre a alta dela, mas não sabia ao certo se poderia cuidar dela, já que ela não queria a presença de Beatriz.

Beatriz tinha uma relação amigável com a filha, mas não de mãe e filha, ela inclusive se considerada muito nova para ter uma filha de 25 anos, portanto dizia que eram melhores amigas e não mãe e filha, muita gente acreditava, pois Beatriz era realmente bonita. Mas na realidade nem melhores amigas eram, Beatriz não se abria muito com ela, e ela não fazia muita questão disso, conversavam, às vezes saíam juntas e tiravam fotos para a posteridade.

Beatriz estava muito apreensiva com o que havia ocorrido com o namorado da filha, mas também não era problema seu e, portanto, seguia com sua vida normalmente, depois da tentativa de suicídio, Anita ficara arredia com ela e por sua vez ela também não procurava muito a filha. Robert que desse conta, afinal ele havia ficado com ela na separação.

Mas ela estava inquieta e preocupada, sabia que tinha culpa, mas não sabia o que fazer. Havia decidido esquecer, mas não conseguia, por mais que os momentos com Marcelo a fizessem esquecer de tudo, ou quase tudo.

Capítulo 22

EXAMINAR EVIDÊNCIAS

Alice passou o dia inquieta, estava nas nuvens com o que sentia por Robert, nunca havia sentido nada parecido, por outro lado precisava provar a inocência dele, assim como fizera para provar a culpa, não para o investigador, nem para o promotor, nem para a família do rapaz, que aliás não fora encontrada, mas para ela própria, sem saber ao certo por que, acreditava nele.

Ela voltou a examinar todas as evidências, morto a facadas, de madrugada, ninguém ouviu nada, vigilância intensa na casa, sem arrombamento, é, precisava ser alguém que estava dentro da casa, ou que pudesse entrar sem levantar suspeitas. Vou falar com Bruce, ele deve ter interrogado todo mundo, deve ter mais informações sobre o caso.

Chegando à sala de Bruce, ouviu risadas e uma voz alta, deu uma batidinha na porta e entrou, Bruce, que estava ao telefone, fez sinal com a mão para ela entrar. Após alguns minutos desligou.

— Minha queria Alice, cada dia mais bonita e radiante, quando vai aceitar sair comigo? — Quando sua linda esposa marcar, meu amigo Bruce.

Ele riu e disse:

— Vou falar com ela, você precisa se divertir um pouco. Mas diga lá o que traz tão ilustre presença na minha humilde sala?

— Você conversou com os empregados e vigilantes da mansão dos Verano, certo?

— Claro que sim, minha cara, não investigo um crime pela metade.

— E então, o que descobriu com esses interrogatórios?

Bruce deitou a cadeira para trás e colocou as pernas sobre a mesa. Alice pensava que fazia parte das funções e do perfil de um investigador ser grosseiro, todos que ela conhecia eram assim, mas ela gostava de Bruce e, por isso, fazia de conta que não se afetava com sua falta de compostura.

— Minha cara Alice, acho que isso não é mais de sua alçada nem da sua conta, sua função é levantar indícios, o que realmente faz com muita competência, investigar e prender os culpados cabe a mim.

Alice ergueu as sobrancelhas em sinal de desaprovação, ele adorava se aparecer, falar que quem prendia era ele, mas ela não estava nem aí, precisava saber mais sobre aquele crime. — Bruce, pare de graça e vai falando.

Bruce se arrumou na cadeira e finalmente falou em tom sério:

— Na verdade, Alice, nada que eles falaram ajudou em alguma coisa, ninguém viu nem ouviu nada, a mansão é realmente uma fortaleza e se você está no quarto não houve nada do que está ocorrendo na sala, fiz meu pessoal fazer um estardalhaço na sala e fiquei no quarto, realmente não ouvi nada. Eles falaram formalidades, que Dona Anita chegou por volta das oito da noite sozinha, em seguida a mãe, Beatriz, veio lhe ver, mas isso era normal, tanto que ela passava pela segurança sem se apresentar e logo após a saída da mãe o Senhor Henrique chegou, subiram para o quarto de Anita e depois disso ninguém viu mais nada.

— Tá, mas e as câmeras de segurança? Têm que ter registrado alguma coisa — falou ela com impaciência.

— Nada diferente do que te falei, minha cara — querendo já encerrar o assunto.

Ela pensou por alguns minutos e finalmente agradeceu, saindo da sala, mas sem antes ouvir:

— Belo bumbum, minha cara.

Ela virou, mostrou a língua para ele e saiu da sala.

Alice ficou pensativa, até agora ninguém havia falado para ela que Dona Beatriz esteve na mansão no dia do assassinato, ela precisava conversar novamente com os empregados. Mas não podia interrogá-los, somente se fosse uma conversa informal, e sabia bem quem poderia arranjar isso.

Estava decidido, ela procuraria Robert para conseguir contato com seus empregados, mas não poderia ser em horário de trabalho, precisaria ser tudo informal.

Capítulo 23

O ESCRITÓRIO DE ROBERT

Aquele era seu dia de folga, e como dia de folga entendia que podia fazer qualquer coisa, inclusive encontrar Robert, afinal fora do departamento ele era um homem qualquer e inocente até que se provasse o contrário. Ela iria provar justamente isso, a inocência dele.

Naquela manhã acordou feliz, tomou um belo banho e procurou uma roupa, na verdade nem sabia direito o motivo de sua felicidade, ou sabia? Escolheu uma saia na altura do joelho e uma camisa verde que combinava com seus olhos, colocou um salto e saiu.

Chegando ao escritório de Robert, observou a imponência do prédio, com seis andares, e isso não era uma estimativa, realmente tinha seis andares, tinha uma recepção ampla, arejada e bonita, tudo arrumado com esmero, todos os funcionários uniformizados e uma placa de "Identifique-se" na bancada. Ela ficou um pouco apreensiva, pois na verdade nem sabia direito o que estava fazendo ali, Robert não a convidará e na verdade desde aquele dia no departamento ele não havia ligado, mas de qualquer maneira, ela tinha feito todos acreditarem que ele era culpado, agora era seu dever fazer todos verem que ele era inocente e ela estava errada, uma decisão difícil, mas não podia deixar um homem inocente ser acusado injustamente com base nas provas que ela mesma levantou.

— Pois não? — disse o homem de terno atrás do balcão, tirando ela do devaneio.

— Ah sim, gostaria de falar com o Senhor Robert.

— A senhora tem hora marcada?

Na verdade, ela não tinha hora marcada nem mesmo ele sabia que ela viria, mas iria tentar mesmo assim.

— Sim, quer dizer, mais ou menos, pode dizer que Alice está na recepção, por favor.

Ele olhou desconfiado, mas como ela era uma mulher atraente, homem nenhum desconfia, ela, sabendo desse artificio, se encostou no balcão mostrando um pouco de seu decote, o que fez o grandalhão de terno fazer rapidamente seu cadastro e liberar a catraca.

Ela não gostava dessas coisas, mas infelizmente às vezes precisava usar alguns artifícios. — Sexto andar — falou ele, prontamente.

— Obrigada — agradeceu ela com sorriso grande nos lábios.

Subiu até o sexto andar, o qual não era nem um pouco inferior à recepção, todo o piso era em granito preto, sofás na cor pérola, muito bem distribuídos com uma mesa de centro onde havia uma escultura do tamanho dela, com certeza devia ser de um artista famoso. Uma jovem senhora sentada em uma mesa de frente para as poltronas disse:

— Pois não? Posso ajudá-la?

— Vim falar com Robert — disse, ao mesmo tempo se arrependeu e teve vontade de voltar para o elevador sem nem mesmo olhar para trás.

Se ele não quisesse atendê-la, e se ele fosse tão arrogante quanto naquele dia, e se ela passasse vergonha na frente daquela senhora?

— Devo anunciar a quem? — disse a senhora despertando-a de seus pensamentos.

— Alice.

Foi a única coisa que conseguiu dizer.

— Sentem-se e aguarde, por favor. Dr. Robert... — Foi a única coisa que ela conseguiu ouvir, depois disso a senhora colocou a mão em cima do fone.

Ela se sentou em uma bela poltrona que ficava de frente para um amplo corredor com várias salas. "Uma desses deve ser de Robert", pensou ela. Mas estava cada vez mais apreensiva, nunca passara por algo parecido, parecia uma adolescente com seu primeiro amor. "Tome vergonha na cara Alice, você é uma mulher adulta investigando um crime", pensou ela, tentando dar forças a si própria, mas tudo foi por água abaixo quando uma porta se abriu e Robert veio em sua direção, com terno cinza e camisa azul-clara, ele estava fantástico, com o vasto cabelo bem penteado e a barba por fazer, isso dava um ar de safado a ele que ela no mesmo momento molhou a calcinha.

Ele veio em sua direção sorrindo e quando ela se levantou ele a beijou no rosto.

— Venha, vamos para minha sala — disse ele.

Ela pôde notar a expressão confusa nos olhos da secretária, mas enfim, deixou pra lá.

Assim que ela entrou em sua sala disse:

— Dr. Robert, fez doutorado em quê?

Ele adorava essa arrogância despretensiosa dela, na verdade achava que adorava tudo que viesse dela, inclusive as críticas.

— Eu não fiz doutorado, Alice, mas eles me chamam assim por respeito, eu acho, nunca pedi isso também.

— Mas nunca impediu? — ela provocou, com um pequeno sorriso no rosto, ele tinha vontade de arrancar aquele sorriso com um beijo, mas conteve-se para não a assustar.

— De fato, nunca impedi, mas me diga, o que te traz aqui? Certamente para verificar as boas maneiras de minha secretária não foi?

— Na verdade vim para ver o quão bonita ela é, e se você pode ter alguma coisa com ela.

Ela falou isso passando bem ao seu lado e se dirigindo para a janela, ele pôde sentir seu perfume, o que o fez perder o senso de certo e errado. Chegando bem próximo do ouvido dela por trás ele disse:

— Ciúmes?

Ela se virou e com isso ficou muito próximo de sua boca, e respondeu:

— Claro que não, imagine. — Falando isso, ela se afastou e quebrou o clima, então disse: — Vim aqui porque preciso de um favor, eu quero conversar com seus empregados, vigilantes e todos que estiveram na sua casa na noite do crime, mas você sabe que, como já te expliquei, não faço investigação, portanto não tenho o poder de interrogá-los, assim queria fazer isso com sua permissão, informalmente.

Ele ouvia, mas não prestava muita atenção, não conseguia parar de olhar para sua boca, seus olhos brilhantes, seus seios por baixo da camisa.

Ambos ainda estavam em pé, ele nem percebera que não havia convidado ela para sentar-se, enfim disse:

— Sente-se, Alice.

Ela sentou na cadeira em frente sua mesa e cruzou as pernas, realmente estava bem difícil para ele, ele sentou no canto da mesa, próximo a ela, iria tentar novamente.

— Então você quer falar com meus empregados?

— Sim — disse ela —, e com todos que estiveram na casa naquela noite, você sabia que sua ex-mulher esteve na sua casa naquela noite?

Foi somente nesse momento que Robert conseguiu prestar atenção em suas palavras.

— Como assim, minha ex-mulher? — esbravejou ele.

— Sim, a Senhora Beatriz esteve lá, mais ou menos às nove horas, isso foi confirmado por seus empregados e pelas câmeras de segurança.

— Engraçado, como ninguém me falou nada disso? Nem Anita comentou esse fato.

— Pois é — continuou ela, levantando e se aproximando um pouco dele, na realidade ela não entendia, mas tinha essa necessidade de ficar próxima a ele, achava que era o perfume que a atraía. — Por isso queria ter uma chance de conversar com todos, mas precisa ser uma conversa informal e nenhum deles pode chamar advogado nem reclamar no meu departamento, se não será um grande problema para mim.

Ele ficou encarando-a por alguns segundos, quando tocou o telefone, ele atendeu prontamente. Alice se afastou e se encostou em um armário que ficava no canto da sala, tinha ali água, café e biscoitos, mas ela achou que deveria ser de guardar documentos. Ela o ouviu ao telefone, achando muito charmoso seu jeito de falar.

— Não, desmarque minhas reuniões, mande o André no meu lugar, estou resolvendo um problema sério aqui — e desligou.

Ele se aproximou dela novamente, olhando bem em seus olhos e falando baixinho, como se para que ela precisasse vir mais próximo para ouvir.

— Então, onde estávamos?

Ela ia começar a explicar tudo novamente, porque claramente ele não estava prestando atenção em nada que ela dizia. Quando abriu a boca para falar ele disse chegando mais perto, bem mais perto:

— Ah, sim, lembrei, você dizia que estava com ciúmes de minha secretária.

Mas antes que ela pudesse responder, ele puxou sua cintura para perto dele e a beijou na boca. Aliás Alice precisava dizer, tudo que ele fazia com ela era intenso, sempre, decerto isso que a deixava sem chão, porque na verdade ela não tinha tempo de pensar se era certo ou errado, se ela queria ou não, mas era lógico que ela queria, já estava com sua calcinha molhada antes mesmo de entrar na sala dele.

Ela se entregou totalmente àquele beijo, e essa entrega deixava Robert louco, porque ele podia ver que ela era só excitação naquele momento, que todo o lado racional ficava de lado e que era por ele que ela ficava desse jeito, só por ele.

Alice não tentou resistir, era inútil, talvez ela tenha se arrumado da melhor forma possível, se deslocado até ali justamente com essa intenção, já nem sabia mais. Ele ergueu sua blusa e a tirou, novamente abrindo seu sutiã com um único movimento, ela abriu os botões de sua camisa e também a arrancou, deixando a gravata pendura desajeitadamente no pescoço, ela achava que já tinha visto aquilo em algum filme e certamente tinha gostado. Ele ergueu sua saia até a cintura e passou a mão em sua bunda sentindo sua calcinha de renda, foi quando ele colocou a mão na tira do lado e puxou com força, arrebentando-a, ela se assustou, mas no mesmo instante quase foi ao clímax com essa atitude, era disso que falava, da intensidade dele.

— Você colocou calcinha de renda para uma reunião formal comigo? — perguntou ele, rindo.

— Na verdade, eu, eu... — Ela não conseguia articular as palavras.

— Não precisa responder, eu entendo — disse ele a beijando novamente.

Alice abriu suas calças e as deixou cair nas pernas, ele empurrou tudo que tinha no armário e a sentou sobre ele, nesse momento ela abraçou sua cintura com as pernas, pressionando o salto de seu sapato na bunda dele.

Ela o puxava para que ele colocasse mais forte e mais intensamente, e ele não conseguia parar, ela em um estado de excitação total gemeu alto sem se importar com o local onde estavam, achou até mais excitante saber que alguém poderia estar ouvindo, quem sabe sua secretária, assim iria saber que ele estava fodendo com ela ali naquela sala, pensando isso Alice entrou em êxtase e gozou, em seguida com seus gemidos Robert também gozou e também gemeu.

Ficaram assim por alguns instantes, até que ela falou:

— Será que alguém ouviu a gente?

— Tomara que sim — falou, rindo.

Ela deu um tapinha em seu braço nu e o empurrou para descer do armário. Ele a segurou e disse:

— Quando estou com você não consigo pensar em nada.

Alice ficou vermelha com a afirmação e com a proximidade de seu rosto no dela. Ela desceu e começou a se vestir.

— Robert, agora precisamos falar sério.

— Já está resolvido — disse ele, a interrompendo. — Você vai jantar em minha casa amanhã e todos meus funcionários por coincidência estarão trabalhando.

Ela sorriu e ficou feliz ao ver que ele entendera como deveria funcionar tudo aquilo.

Ela se vestiu, arrumou o cabelo, pegou sua bolsa e finalmente falou:

— Preciso ir agora, tenha um ótimo dia.

Ele sorriu e com a gravata ainda desarrumada falou:

— Terei com toda a certeza.

Ele a levou até o elevador e nem deu bola para a cara de questionamento de Lene. No elevador deu um beijo em seu rosto e falou:

— Volte sempre, adorei nossa reunião, calcinha de renda.

Ela entrou no elevador sorrindo.

Lene não se aguentando perguntou:

— Essa é a Alice? Aquela que está investigando sobre o assassinato em sua casa?

— Sim — disse ele, sorrindo. — Mas ela não está investigando porque não é investigadora, ela é perita criminal.

Com isso voltou para sua sala. Agora aquele seria o melhor lugar da empresa, ficaria ali relembrando de Alice nua em cima do seu armário, gemendo.

Alice saiu do prédio sob os olhares admirado do segurança, que mais cedo facilitou sua entrada, mas ela sorriu com educação e saiu. Ela sabia que estava tudo errado, que nada daquilo poderia estar acontecendo, mas por que ele fazia isso com ela? Porque ela permitia, é claro, por que se arrumou tanto para vê-lo e colocou uma de suas melhores calcinhas? Que agora estava sabe-se lá aonde, no chão? No lixo? Não lembrava de ter colocado no lixo. "Alguém poderia achar, que vergonha", pensou, jamais voltaria ali.

Ele ficou um tempo inerte pensando em tudo, no que havia acontecido, mas também no que ela havia lhe falado, o que Beatriz foi fazer em sua casa naquela noite? Por que ninguém falou isso para ele? Será que deveria questionar os empregados e Beatriz ou esperar Alice fazer isso? Seu pensamento foi interrompido quando viu no chão da sala a calcinha de Alice, ele levantou, foi até ela e a pegou, cheirou-a e ali tinha tanto o perfume dela quando seu cheiro próprio, era delicioso, ele precisava sentir aquele sabor, guardou em seu bolso e foi para casa, pensar no jantar da noite seguinte.

Capítulo 24

O JANTAR

Aquele dia demorou a passar, Alice pensou o dia todo, primeiro em tudo que queria perguntar e o que realmente queria descobrir, na verdade ela não tinha muita prática com investigações, somente os casos que ouvia os investigadores contarem, mas ela era mulher e poderia descobrir a verdade se realmente quisesse, depois que resolveu isso, passou o resto do dia pensando na roupa que iria vestir e, claro, na calcinha que deveria usar, ela estava certa de que nada iria acontecer, era uma missão, mas perto de Robert nada ficava tão certo assim.

Robert por sua vez se envolveu com assuntos de trabalho o dia todo, assim passava mais rápido e ele não precisava pensar o tempo todo no jantar. Foi para casa seis horas e conversou com todos, deu ordens sobre assuntos relacionados ao jantar e foi tomar banho. Ligou para Anita que estava em seu loft com uma enfermeira, ela estava bem, mas um pouco abatida, Robert podia sentir em sua voz.

— O que houve, minha filha? Está chateada?

Depois de algum tempo ela enfim respondeu:

— Soube que vão indiciar você pelo assassinato, papai.

Robert respirou fundo, era tudo que não precisava naquela noite.

— Sim, minha filha, mas fique tranquila, não tenho nada a temer, sou inocente e ficará tudo bem.

— Eu sei que o senhor é inocente, papai — disse ela com um soluço que Robert achou ser choro —, mas... — E não terminou a frase.

Assim se despediram e desligaram.

Robert estava muito preocupado com a filha, desde o ocorrido ela não falava coisa com coisa e não estava melhorando muito, mas não poderia pensar nisso naquele momento, desceu e verificou como estavam as coisas do jantar, verificou o vinho e a arrumação da mesa, orientou o segurança para que Alice entrasse pela porta da cozinha, mesmo aquilo sendo um pouco desagradável, ele não queria que ela passasse pela sala, aquela sala trazia lembranças ruins a ambos.

Alice chegou às oito horas em ponto, conforme combinado, ela estava ansiosa, nem sabia ao certo o motivo, mas achava que era um somatório de motivos, queria desesperadamente descobrir o culpado pelo crime, queria desesperadamente inocentar Robert e queria desesperadamente rever Robert.

Ela balançou a cabeça para que seus pensamentos se alinhassem e para se lembrar de sua missão ali, chegou ao portão e foi prontamente atendida pelo segurança, que confirmou seu nome e abriu o portão, Alice não se recordava dele, mas também não tinha reparado em todos que estavam no local no dia fatídico. Agora sem carros de polícia, ambulâncias e toda aquela confusão, a mansão parecia bem mais bonita e aconchegante, observou que a fonte era iluminada, assim como os jardins, a casa agora lhe parecia maior que no dia que estivera ali.

Assim que encostou o carro um dos pitbulls de Robert abriu a porta, na verdade Alice não era muito dessas formalidades, sabia abrir sua própria porta, mas em seguida viu Robert saindo da casa e aí esqueceu de outras coisas, Robert estava informal com uma calça jeans e uma camiseta branca, estava bonito como sempre, Alice ficou com as pernas bambas e ao mesmo tempo tentou se recompor, o que poderia estar acontecendo com ela?

Ele se aproximou e a beijou no rosto.

— Como vai, Alice?

— Estou bem — respondeu, meio sem graça.

Robert, claro, não pôde deixar de notar como ela estava deslumbrante, com um vestido vermelho de decote cavado e costas a mostra, ia até o joelho, seu cabelo preso somente a parte de cima com uma presilha e sua boca com um brilho que Robert ficou com vontade de beijá-la ali mesmo. O que Robert mais gostava entre eles dois era a falta de formalidades, se beijavam e faziam sexo onde tivessem vontade, não precisava de local apropriado.

— Todos estão aí?

Robert até se assustou ao ouvir a voz de Alice, ele estava tão perdido em seus pensamentos.

— Sim, todos, menos Beatriz, que na verdade nem sabia que esteve em minha casa no dia do ocorrido nem minha filha, que não está em condições de falar sobre isso.

Entraram na casa pela cozinha, claro que Alice não se importava com isso, mas sabia que tinha a ver com o dia do crime, ele queria apagar certas lembranças.

Quando ela entrou na casa pôde ver como realmente a mansão era espetacular, a cozinha era enorme e decorada com muita elegância, tinha duas empregadas uniformizadas que ela fez questão de cumprimentar, viu a mesa em uma saleta ao lado bem posta e com tantas taças e copos que ela achou que deveria ser para umas dez pessoas.

— Por favor — disse Robert, apontando para a saleta ao lado. A luz era fraca e super aconchegante, ele abriu o vinho e serviu para ambos.

— Acho que não deveria beber — disse Alice, pegando a taça. — Afinal estou de serviço e dirigindo.

— Sim — respondeu Robert —, mas assim ficará mais informal e mais fácil de meus funcionários acreditarem que você não está os interrogando, e quanto a dirigir você pode dormir aqui, temos muitos quartos.

Alice olhou para ele, que sorria, e respondeu.

— Se fosse para dormir aqui, certamente não precisaria de um quarto. Robert olhou fixo em seus olhos, isso o fascinava, ela era simples e despretensiosa, já havia levado outras mulheres para sua mansão, mas a maior parte do tempo era ele respondendo quanto custará cada quadro, seu carro, os tapetes e os outros dez por cento era fazendo sexo, com Alice era diferente, até o silêncio era mais gostoso que o próprio sexo que fazia com as outras.

— Posso servir? — perguntou a empregada tirando ambos de seus pensamentos.

— Sim, claro — respondeu Robert e puxou a cadeira para Alice.

— Sabe, Robert, esse negócio de abrir a porta do carro, puxar a cadeira para mim é realmente estranho e um tanto constrangedor, sempre fui independente, fiz minhas coisas sozinha e ter alguém para fazer algo por mim me incomoda um pouco.

— Minha cara, Alice, isso se chama gentileza, e quem faz, faz com prazer, tente ver por outro lado, aposto que vai gostar.

— Não sei, não.

O jantar foi servido e ambos riram muito com a inexperiência de Alice com tantos garfos e taças, ela dizia que uma só bastava e Robert ria. Ela disse:

— Vou te chamar para almoçar em minha casa com minha família, para você aprender a comer sem sujar tanta louça.

Ambos deram muita risada. Robert perguntou:

— Quando? Pode ser esse final de semana, não tenho compromisso.

Alice o olhou um pouco espantada e sorriu.

— Quem sabe — disse ela.

Apesar de não ser próxima de sua família, ia algumas vezes na casa da avó, de quem ela gostava muito, e lá reunia-se toda a família, que era grande e bagunceira, ela até que gostava, mas não ia com muita frequência, quem sabe com Robert seria engraçado, em seguida mudou seus pensamentos, imagine quem levaria a casa de sua avó, que ideia absurda.

Após comerem a sobremesa Alice pediu se podia começar a conversar com todos, que precisava que fosse separadamente, Robert a levou até seu escritório e saiu para buscar a governanta da casa. Alice ficou observando o escritório de Robert, esse não era tão grande, mas lógico era decorado com muito bom gosto, tinha uma mesa de madeira escura muito brilhosa, uma cadeira imensa que Alice pensou que gostaria de uma dessas no seu departamento, assim poderia tirar uma soneca em seus plantões, tinha uma pequena biblioteca e uma pequena estante com alguns porta-retratos, tinha a foto de Anita, de Robert com Anita e dos três juntos, pai, mãe e filha, Alice sentiu um certo incômodo. Por que ele ainda tinha fotos de Dona Beatriz na casa? E pior, em seu escritório? Lembrou da cena no hospital, dos dois abraçados e falando da filha, ficou um pouco chateada, mas sabia que não tinha nada a ver com a vida deles.

Capítulo 25

O INTERROGATÓRIO INFORMAL

Robert entrou na sala com a senhora que estava na cozinha quando Alice chegou, Alice sabia que era a mesma senhora que vira ao lado de Anita na cozinha.

— Alice, essa é Amanda, a Nana, nossa governanta e babá de Anita desde que ela nasceu — disse Robert.

— Prazer, Senhora Amanda, eu sou Alice.

Amanda ou Nana era uma senhora de 70 e poucos anos, um pouco acima do peso e com cabelo com mechas brancas, seu rosto era marcado pelo tempo, mas ainda era bonita, tinha cara de vovó.

— Não precisa chamar de senhora, se quiser pode chamar de Nana também — falou ela, sorrindo.

— Muito bem, Nana, podemos conversar um pouco?

— Claro que sim, mas não sei se posso ajudar, não lembro de muita coisa daquele dia horrível.

— Não se preocupe, me fale só do que lembra e sem pressa.

— Com licença, vou deixar vocês sozinhas — falou Robert, saindo do escritório.

— Nana, vamos começar, a senhora estava na casa na noite anterior ao crime?

— Não, senhora, depois que minha Anita cresceu, eu fico somente durante o dia, eu ficava direto, sabe, para cuidar da minha menina, ela é um doce, muito afetuosa e gosta muito de mim, mas depois que ela cresceu e Dona Beatriz foi embora, eu venho somente durante o dia, para ser sincera, nem sei por que o Senhor Robert me mantém aqui ainda, nem precisaria muito de mim, mas acho que por consideração, não sei. Acabo falando demais, estou nervosa com toda essa situação e nunca conversei com uma policial.

Alice percebeu que Nana gostava de falar, e essas são boas testemunhas, acabam falando coisas sem querer.

— Não me veja como uma policial, Nana, veja como alguém que quer ajudar, precisamos desvendar esse crime e dar tranquilidade para a família novamente. Tenho certeza que Robert a considera da família, por isso ainda está com ele — falou Alice, sorrindo, precisava deixá-la à vontade e fazer com que confiasse nela a ponto de contar possíveis confidências. — Nana, vamos voltar um pouco no tempo, a senhora cuida de Anita desde bebê, certo?

— Sim, fui contratada para cuidar de Anita, Dona Beatriz era inexperiente e precisava de ajuda, sabe? O Senhor Robert me contratou e disse "você será responsável pelo meu bem mais precioso", tão lindo, né, ele ama muito a filha.

— Sim, mas me diga, e Dona Beatriz?

Nesse momento Alice percebeu que Nana ficou um pouco desconfortável e apreensiva.

— O que quer saber de Dona Beatriz?

Alice achou estranho que Nana falasse com tanto carinho dos demais membros da família e não tivesse tanto a falar da antiga dona da casa.

— Quero saber o trivial, como ela era com a casa, com a filha, com o Senhor Robert?

— Dona Beatriz é uma dama, sempre muito elegante, ela não gostava muito de cuidar da Anita, que ficava sempre comigo, mas sempre fora educada conosco, e amável com Senhor Robert.

Parou de falar. Por que não falara tanto como dos outros? Alice ficou encucada com aquilo.

— E depois que Anita cresceu, elas eram amigas?

Nana pensou um pouco e respondeu:

— Sim, eram amigas, saíam algumas vezes, mas Anita ficava um pouco chateada — e parou novamente.

Alice não podia perder aquela deixa.

— Chateada com o quê, Nana?

— Não sei se devo falar essas coisas, sabe, são particularidades da família.

Droga, ela precisava deixar Nana à vontade para falar.

— Vejo até pelas fotos que Dona Beatriz é muito querida, ainda tem fotos dela na casa, o Senhor Robert poderia tirá-las, ainda mais que deve trazer para cá algumas de suas namoradas, certo? — Alice achou que aquela pergunta tinha mais interesse próprio que qualquer outra intenção.

— Ah, sim, traz muitas, mas nunca aqui no seu escritório, geralmente na sala para jantar e — ela se aproximou de Alice e falou baixinho — e no quarto dele, é claro.

Alice sentiu que tinha ficado corada, nem ela mesma sabia o porquê, mas precisava se recompor, deu um sorriso incentivando Nana a falar. Nana continuou:

— Dona Beatriz é muito querida por eles, claro, e o Senhor Robert não quer tirar esses laços da filha, mas, sabe, minha querida Anita ficava triste porque a mãe sempre queria ser apresentada como amiga para todos os coleguinhas dela, nunca como mãe e por vezes Anita achava — Nana hesitou, mas Alice se aproximou um pouco dela para encorajá-la. — Achava que sua mãe se insinuava para seus amigos, inclusive ela acha que esse foi o motivo da separação.

— O Senhor Robert é tão bonito e agradável por que ela faria isso?

Alice ficou pensativa, e por quê? Se fosse casada com ele jamais iria se insinuar para um bando de pias sem juízo, Robert era um homem atraente, cheiroso, educado e muito bom de cama, quer dizer, na verdade, na cama ela não sabia, mas muito bom em muitos outros lugares.

— Dona Alice?

Alice foi tirada de seus pensamentos por Nana.

— Pois não, Nana, me conte mais.

— O que mais a senhora precisa saber? Meu patrão está encrencado?

— Não, Nana, quer dizer, um pouco, por isso estou querendo ajudar.

— Mas a senhora não queria ajudar no dia do crime, a senhora veio aqui para achar coisas para acusá-lo.

Alice olhou para Nana espantada, como as pessoas eram mal-informadas.

— Não, Nana, eu não vim aqui para incriminá-lo, vim para coletar indícios e saber o que realmente ocorreu, precisamos descobrir quem cometeu esse crime terrível.

— Ah sim — disse Nana —, precisamos mesmo, minha Anita está inconsolada, tentou até se matar, sabia?

— Sim, fiquei sabendo, precisa cuidar bem dela nesse momento. Acho que é só isso Nana, obrigada.

Nana saiu da sala e Robert entrou em seguida, perguntou como foi, Alice respondeu:

— Disse que você tem muitas namoradas e que seu quarto é muito visitado.

Robert sorriu e falou:

— E em qual contexto essa conversa surgiu?

Alice corou novamente.

— Não pense que ficamos falando de suas orgias e sem-vergonhices, ela acabou falando no contexto de toda a situação, eu na verdade nem perguntei — falou Alice, fechando a cara.

Robert se aproximou dela, que estava em pé atrás da mesa, e disse:

— Não disse que você perguntou e também não faço orgias, só achei estranho falarem sobre isso.

Alice sentiu seu perfume, era difícil resistir, ele estava mexendo mais com ela do que ela queria, iria acabar com aquilo assim que resolvesse esse caso.

— Mulheres são assim, quando começam a conversar falam sobre tudo.

— Nossa, então vou demitir a Nana, ela não pode mais falar com você.

Falando isso, foi se aproximando de Alice, que se afastou no mesmo instante.

— Poderia chamar outro de seus empregados, precisamos finalizar isso.

— Sim, senhora — falou ele batendo continência.

Alice achou graça, mas ela não demostrou, ficou séria e olhando em seus olhos, viu ele saindo da sala e desabou na cadeira, aquilo precisava acabar.

Robert entrou na sala com outra moça, essa mais nova e que também estava na cozinha preparando o jantar, parecia tímida.

— Essa é Yasmin, nossa ajudante — apresentou Robert.

— Como vai, Yasmin? — perguntou Alice, estendendo a mão.

Yasmin apertou levemente sua mão e sentou-se.

Na polícia Alice aprendeu que "o corpo fala", os gestos, os olhares e até mesmo um aperto de mão, inclusive havia feito um curso sobre isso, aperto de mão fraco demonstrava a fraqueza daquele que a apertava, a falta de personalidade, eram pessoas frágeis, e ali era exatamente isso que o aperto de mão e o jeito de Yasmin estava falando para Alice.

— Bom, Yasmin, podemos conversar um pouco?

— Não gosto de policiais — ela falou rapidamente.

Alice ficou espantada.

— Mas não estou aqui como policial, sou amiga do Senhor Robert e quero ajudar.

— Mas também é policial.

— Sou, mas sou como você, tenho meu trabalho e minha vida pessoal e no momento não estou aqui como policial, certo?

— A senhora é namorada do Senhor Robert?

Alice corou novamente, aquela situação estava ficando difícil para ela.

— Não, Yasmin, claro que não, somos colegas apenas. Mas vamos lá, me diga, faz tempo que trabalha na casa?

— Não, uns cinco anos acho, foi Nana que me chamou, ela é vizinha da minha mãe e soube que estava precisando de trabalho, sabe, tenho três filhos para criar e meu marido está... — e parou de falar.

Alice achava que havia entendido, estava preso, por isso todo esse receio com policiais, essas pessoas tinham a visão de mundo distorcida, achavam que a polícia era culpada da vida miserável que levavam e não suas próprias ações, Alice ficou com vontade de falar umas verdades, mas se conteve.

— Entendo, mas me diga, gosta de trabalhar aqui? Senhor Robert parece bem bacana.

— Ah sim — ela disse mais descontraída —, ele é bem bacana e a Anita também é um amor, às vezes ela me dá roupas dela, são tão lindas, sabia?

— Imagino, ela é uma moça muito bonita e elegante. Quantos anos tem seus filhos?

Alice precisava manter o clima em tom de conversa e não de interrogatório.

— Um tem sete, outro cinco e tenho uma bebê de dois anos, são minha vida.

Alice sorriu e falou:

— Imagino, filhos são uma benção — disse Alice, pensando "tem a vida miserável, marido está preso e continua tendo filhos", ela realmente não entendia a cabeça das pessoas nem a necessidade de ter tantos filhos, ela por exemplo não tinha a intenção de ser mãe um dia, ainda mais com um presidiário. Ela continuou: — Mas, então, você estava aqui na noite do crime?

Percebeu que ela ficou apreensiva novamente, mas então ela falou:

— Não senhora, eu trabalho até às seis e vou para casa, pela noite não fica nenhuma empregada, senhor Robert acha desnecessário, e também ele às vezes quer trazer as namoradas dele para cá e aí a gente iria atrapalhar, não é?

Novamente esse assunto, parecia que isso perseguia Alice, ela tentou mudar de assunto rapidamente:

— E no dia seguinte, que horas a senhora chegou?

— Cheguei às oito e trinta, que é meu horário, fomos direto para a cozinha como sempre fazemos, tomamos um café e depois começamos a arrumação da casa, quando cheguei na sala vi aquela cena horrível.

— Sei, e o que você fez em seguida?

— Gritei muito até que vieram todos correndo, Nana me deu água com açúcar e fiquei na cozinha até tudo acabar à tarde.

Alice anotou alguma coisa e disse.

— E quando Anita viu a cena, como reagiu?

— Na hora ela ficou quieta e com o olhar perdido e depois começou a chorar muito, tadinha da Dona Anita, ela é tão sensível e frágil, não podia ter passado por isso, ela tá meio maluca agora, a senhora está sabendo?

— Sim, eu soube, obrigada Yasmin, você ajudou muito — finalizou Alice.

Yasmin saiu e em seguida Robert entrou com um copo de água não mão.

— Achei que precisava de água.

— Obrigada — respondeu Alice, ríspida.

Robert, notando sua cara, disse:

— Então, falaram de minhas orgias novamente?

— Sim, parece que é o assunto preferido da casa, mas agora foram chamadas de namoradas.

Robert riu, o que deixou Alice com mais raiva ainda, ele achava aquilo engraçado, trazer mulheres para sua casa era normal, ele era um homem solteiro. Mas Alice estava furiosa, quantas ele comeu naquele escritório? Com esse pensamento Alice ficou vermelha de raiva.

— Não são minhas namoradas, Alice, sou um homem solteiro e não vejo nada de errado em arranjar companhia.

— Claro, mesmo porque estou aqui a trabalho e não tenho nada a ver com sua vida — falou Alice, irritada.

Robert passou pela mesa e novamente se aproximou dela, que agora estava sentada na cadeira, ele virou a cadeira para si, colocou seu rosto tão perto do dela que pôde sentir seu nariz encostar no dela.

— Está a trabalho? E por que veio com esse vestido que deixaria qualquer homem maluco? Está com calcinha de renda?

Alice quase perdeu o fôlego, queria transar com ele ali mesmo, naquela hora, mas se recompôs, levantou de uma vez na frente dele, o que fez ficarem quase encostados.

— Porque isso vai facilitar muito a conversa com seus pitbulls, tenho certeza que vão falar mais do que realmente gostariam de falar.

Logo puxou o vestido um pouco para deixar o decote mais a vista. Robert pegou na bunda dela e a puxou, fazendo seus corpos encostarem, em seguida deu um tapa e disse:

— Muito engraçadinha, mas eu não achei nenhuma graça, vou buscar o próximo.

Saiu da sala deixando Alice totalmente sem chão, quando ele se aproximava dessa maneira ela perdia a razão, o que estava acontecendo com ela? Nunca fora desse jeito, Alice colocou a cabeça entre as mãos e ficou pensativa. Logo Robert entrou com um homem moreno, de mais ou menos 1,90 de altura, um pouco acima do peso e com uma mão que mesmo que Alice tivesse dado as duas mãos dela não conseguiria apertar a mão inteira dele.

— Prazer, meu nome é Wilson — falou com um vozeirão.

— Sente-se, por favor.

Nisso Alice viu que Robert sentou em uma cadeira atrás e ficou olhado para ele com um olhar de questionamento, ela havia sido clara que queria ficar sozinha com cada testemunha, até que ele falou:

— Vou ficar por aqui, mas não vou atrapalhar.

Alice até que achou engraçado a cena de ciúmes, mas infelizmente ele iria atrapalhar a conversar.

— Robert, seria melhor se a gente ficasse a sós — falou ela, puxando o vestido para que o decote não ficasse tão aparente, na verdade estava arrependida de ter falado aquilo para Robert, ele iria achar que ela era uma vagabunda, usando seus artifícios femininos para arrancar informações de homens desprevenidos. Às vezes ela realmente fazia aquilo, como naquele dia no escritório dele, mas fora por um bom motivo, e isso não fazia dela uma vagabunda. Robert olhou fixo para ela e saiu.

Na realidade Alice era extremamente profissional e Wilson falou naturalmente, sem olhar para seu decote.

— Dona Alice, trabalho aqui já faz 15 anos e nunca havia acontecido nada, algumas vezes tínhamos problemas devido às festas de Dona Beatriz, ela trazia uns rapazes que bebiam um pouco demais, mas era só isso, foi horrível.

Alice ficou pensativa, Dona Beatriz realmente gostava de rapazes.

— Na noite do crime, o senhor estava de serviço?

Foi direto ao assunto, já estava ficando cansada e queria ir para casa.

— Sim, senhora, era meu dia de trabalhar, ou melhor, minha noite, hoje é minha noite de folga, mas o senhor Robert pediu para que eu viesse.

— Sim e eu agradeço sua colaboração, e naquela noite o senhor não viu nada diferente? — Na verdade não, Dona Anita chegou às oito, depois Dona Beatriz apareceu, ela quase não aparecia assim à noite sem avisar, mas como Anita estava aqui, achei que tinha vindo ver a filha, que havia voltado ao Brasil, depois que ela foi embora chegou o senhor Henrique, fiquei um pouco apreensivo porque o senhor Robert não queria ele na mansão, mas dona Anita pediu que o deixassem entrar, disse que ele não deveria demorar, mas ele demorou sabe, inclusive dormiu na mansão e só saiu no outro dia, morto, a senhora sabe, né?

— Você notou algo diferente, não sei, talvez nas atitudes de dona Beatriz ou dona Anita? Ou do próprio rapaz.

— Hum, acho que não, não sou de ficar reparando nos patrões, sabe?!

Alice praguejou, precisava ter uma mulher trabalhando naquela noite, mulheres são atentas a essas coisas.

— Ah sim, acho que sim. — "Ufa, finalmente", pensou Alice. — Dona Anita estava com voz fraca, como ela ficava quando o Senhor Robert brigava com ela, e o Senhor Henrique parecia apreensivo, mas achei normal porque ele sabia bem que o patrão não queria ele por aqui.

Alice ficou pensativa e por fim falou:

— Obrigada, Wilson, agradeço sua atenção, tenha um boa noite.

Ele agradeceu e saiu. Robert entrou na sala e Alice estava sentada pensativa.

— O que foi, mais orgias e mais namoradas?

Alice olhou para ele com olhar cansado.

— Na verdade sim, mas agora de sua esposa, parece que vocês eram bem animados.

Robert riu e, sentando na cadeira de frente para ela, disse:

— Ela gostava de festas, eu nunca me importei, acho que nunca me importei nem com ela, sei lá.

Alice olhou fixamente nos olhos dele e disse:

— Tanto que mantém fotos dela em seu escritório.

Robert olhou para as fotos e sorriu.

— Sim, é mãe da minha filha e não queria que nada mudasse para Anita.

— É realmente nada mudou, a mãe saiu de casa e o pai traz várias vadias para dormir na cama da mãe, realmente essas fotos iriam manter a serenidade da casa.

Robert olhou para o teto, como se estivesse cansado daquele assunto.

— Primeiro, não são vadias, segundo, nunca trouxe com minha filha em casa e, terceiro, eu virei o foco dessa noite?

— Desculpa — disse Alice —, estou cansada, quero ir para casa, pode chamar o outro rapaz e vamos terminar com isso.

Robert se aproximou da mesa, se ergueu com os braços apoiados e disse:

— Terminar sim, já você ir para sua casa estou um pouco em dúvida.

Ele ficou parado olhando o decote de Alice.

— O que está fazendo? — questionou ela.

— Vendo qual era a visão do meu pitbull e pensando se mando ele embora hoje ou amanhã.

Alice finalmente sorriu, ele era muito engraçadinho.

— Amanhã — ela disse, se levantando. — Hoje é folga dele, você teria problemas trabalhistas e acho que você não quer mais problemas com a lei.

Colocou a mão nas costas dele e o levou para a porta. Ele se virou para ela e disse:

— Não sei, não, a última vez que me envolvi com a lei, foi maravilhoso.

— Saia Robert, preciso terminar isso.

Enfim o outro segurança entrou e Alice fez as mesmas perguntas, nenhuma novidade, nada de diferente do que todos haviam falado, Alice já estava achando que aquilo fora um erro, Bruce já havia conversado com todos e se tivesse algo de interessante ele teria descoberto, enfim dispensou o rapaz. Porém quando ele estava quase na porta virou novamente para Alice e falou:

— Não sei se é importante, dona, mas a Dona Beatriz e a Senhorita Anita estavam discutindo e em seguida Dona Beatriz saiu muito abalada. E saiu.

Alice estava perdida em seus pensamentos quando Robert entrou.

— Acabou? Já dispensei Yasmin e Nana, enfim sós.

Alice se levantou rapidamente, juntou suas coisas e se encaminhou para a porta. Robert segurou a porta e ficou olhando para ela.

— Preciso ir, Robert, estou cansada e acho que foi um erro vir aqui.

— Fique, podemos mudar esse cenário.

— Serei mais uma na sua cama?

Robert suspirou chateado e disse:

— Esse assunto vai me perseguir certo? Já disse, sou um homem sozinho e tenho minhas namoradas, em que planeta isso é um crime?

Alice encostou a cabeça no ombro dele esgotada, sabia que estava errada, mas não sabia como agir, já não sabia mais o que fazer.

— Desculpa, Robert, estou cansada e sem saber qual direção seguir.

— Vamos tomar um vinho, isso vai nos fazer sentir melhor.

Ela acabou aceitando, em seguida ele entrou com uma garrafa de vinho e duas taças. Quando entrou, ela estava vendo seus livros.

— Você já leu todos esses livros?

— Todos ainda não, li alguns.

— Adoro ler — disse ela —, já li muita coisa.

— Se quiser algum desses pode levar.

Ele colocou as taças sobre a mesa e serviu vinho, em seguida entregou a ela e brindaram. Alice tomou um gole considerável de vinho, aquilo a tranquilizou um pouco.

Ele sentou-se em sua cadeira, aquela que Alice gostaria de ter uma para ela no departamento, e bateu no joelho para ela se sentar em seu colo.

— Sabe, eu queria uma cadeira dessas, acho que é melhor que minha cama.

— É, de fato, ela é muito boa, agora não posso afirmar se é melhor que sua cama. — Ele aproximou a boca no seu ouvido e continuou: — Não conheço sua cama ainda.

Ela ficou arrepiada, mas não respondeu.

— Sabe o que me admira muito em tudo isso? Um casamento tão aberto, não é? Você tinha seus encontros, sua mulher promovia festas com garotões, realmente você é um homem desprovido de ciúmes — afirmou ela.

— Você está enganada, minha cara Alice, eu não tinha ciúmes de minha ex-mulher, agora disso aqui não posso garantir — falou ele, passando o dedo pelo decote dela.

— E por que você teria ciúmes de mim? Não somos nada um do outro, ela era sua esposa.

— Sabe, Alice — falou ele, colocando a mão em sua perna por baixo de seu vestido —, ciúmes é um sentimento, não é uma ciência exata, ou sentimos ou não sentimos, ele não é determinado por títulos ou contratos de casamento.

Alice achou aquilo interessante, nunca havia pensando assim, de qualquer maneira fazia sentido.

Ele começou a beijar seu pescoço e passar a mão em sua perna, ela não podia resistir a tudo aquilo, mesmo sabendo que era só mais uma em sua casa, em sua cama em sua vida. Ele a puxou e falou em seu ouvido:

— Vamos subir?

— Para o seu matadouro?

Ele olhou com olhar chateado e falou:

— Temos vários quartos aqui, pode escolher.

— Quero ir para o seu, quero que você me foda no mesmo lugar das outras, quero que compare, quero que saiba que estou com você sabendo que você já teve várias naquela mesma cama.

Ela tinha algo de deixava Robert louco, no mesmo instante ele pegou na mão dela e a puxou para subirem. Ao se levantar, Alice deixou o celular cair, quebrando-o. Mas ele não deu tempo a ela de reagir, disse que amanhã resolveriam aquilo. Ele beijou sua boca como nunca antes ela tinha sido beijada, colocou a mão em sua bunda e puxou sua calcinha, ela segurou e disse:

— Negativo, não vai arrebentar mais essa.

Assim que tirou a mão, ele puxou com força e arrebentou, Alice gemeu e ele ficou mais intenso.

Subiram para seu quarto, onde realmente ele fez Alice esquecer de tudo daquela noite, de tudo que ela havia vivido até ali, tudo foi muito intenso, quando sentiu sua boca molhada no meio de suas pernas e sua barba por fazer roçar entre suas coxas, ela gemeu alto e desejou que aquilo nunca acabasse.

Alice ficou um tempo calada olhando para o nada, Robert quebrou o silêncio:

— Uma moeda por seus pensamentos.

— Estou pensando que nós dois perdemos totalmente o juízo, você é um suspeito do caso que estou analisando, não usamos camisinha em nenhuma das vezes que transamos e estamos na cena de um crime transando com o principal suspeito.

— Na verdade também acho que perdemos o juízo, mas não consigo ter juízo quando estou com você.

Alice levantou a cabeça e olhou para Robert, deu um beijinho em sua boca e disse:

— Robert, mesmo que não tivesse nenhum desses problemas, nossa relação seria impossível, não temos nada a ver, você é um homem milionário, dono de um império, com hábitos totalmente diferentes dos meus, sou uma pessoa simples, descomplicada e pobre, e mais, sei que não é nenhum crime você ter suas namoradas, mas realmente não posso competir com isso, elas são muitas e eu sou somente eu.

Robert colocou o dedo indicador nos lábios de Alice e disse:

— Pare, você fala muita bobagem.

Com isso foi para cima dela e começou a beijá-la, beijou todo seu corpo e novamente ele a penetrou com intensidade. Já era de madrugada quando Alice resolver ir embora, ele pediu que ela ficasse, mas ela disse não e começou a se vestir, ele a levou até a porta, insistindo para levá-la para casa, ela não aceitou, antes de sair Alice disse:

— Queria conversar com sua ex-mulher e com sua filha, se fosse possível.

— Acho que será bem difícil, mas vou tentar.

Capítulo 26

CHÁ COM BEATRIZ

Alice estava de plantão no dia seguinte, como iria aguentar 24 horas de plantão se tinha dormido somente duas horas na noite anterior. Chegou ao departamento um pouco atrasada e entrando na sala desejou de todo o coração ter aquela cadeira da sala de Robert. Ficou um tempo ali sentada, olhando para o livro que Robert havia emprestado e pensando em tudo que ouvira na noite anterior, inclusive que Robert era o maior galinha. Precisava conversar com Beatriz e Anita urgentemente.

Bruce entrou em sua sala sem bater, ela já estava acostumada com a falta de educação dele, acabou lembrando do dia que transou com Robert ali, imagina se Bruce tivesse entrado, e ficou excitada com a lembrança.

— Tá aí, acabou a paz de seu amigo.

Jogou um papel sobre a mesa dela.

— O que é isso?

— Um mandado para a casa dele, vamos pegá-lo e tudo isso graças a você.

Ouvindo isso ela ficou apreensiva, inclusive não sabia se devia avisá-lo, isso seria totalmente contra as regras.

Passando das dez horas ela recebeu uma encomenda, abriu a caixa e se surpreendeu e claro ficou ainda mais triste, eram um celular e duas calcinhas com um bilhete. "Realmente fiquei comparando você com as outras ontem à noite, e cheguei a uma conclusão: nenhuma delas chegam aos seus pés, nem às suas calcinhas. Sua estratégia deu certo, espero que goste das calcinhas, tenho certeza que vão servir, conheço o tamanho dessa bunda. Robert". Alice ficou feliz e triste ao mesmo tempo, não iria aceitar o celular, lógico, mas não podia ligar para agradecer, iria acabar contanto sobre o mandado e isso seria totalmente antiético.

O dia seguiu normalmente até que às nove horas da noite o celular novo tocou, ela até se assustou, mas atendeu.

— Oi — disse Robert, com voz animada.

Será que ainda não tinham cumprido o mandado?

— Oi — ela falou, hesitante.

— Gostou do presente? Quero vê-la usando — disse ele, rindo.

— Estou usando, para falar com você.

— Engraçada, você sabe bem do que estou falando.

— Robert.

— Fale, minha linda Alice, o que está te afligindo?

Ela permaneceu em silêncio e ele falou:

— Acho que já sei, você está chateada porque esse bando de malucos dos seus amigos fizeram uma verdadeira bagunça em minha casa, não é isso?

— Sim, não sabia se tinham cumprido o mandado, mas não podia te falar, fica complicado para mim porque...

Ele a interrompeu:

— Fique tranquila, minha querida, eu entendo, tá tudo bem, posso passar aí tomar um café com você?

— Você não está chateado com a situação? Comigo?

— Por que estaria, Alice? Estou achando ótimo, quero mais é que descubram de uma vez quem fez tudo isso, assim posso seguir com minha vida.

Alice ficou aliviada, na verdade, achou que ele estaria muito chateado com a polícia, mas por outro lado ficou triste pensando no que poderia significar seguir com a vida dele, talvez nunca mais vê-la.

— Alice, tá aí ainda?

— Claro, desculpa, é que acho melhor você não vir tomar café aqui, seria ruim se fossemos vistos juntos.

— Eu entendo, amanhã temos um chá da tarde com Beatriz, você disse que queria falar com ela.

— Robert, não posso de jeito nenhum aceitar esse presente.

— Como assim? Claro que pode, e na verdade não é um presente, estou devolvendo o celular que eu quebrei.

— Quem derrubou fui eu, e só quebrou a tela, ainda estou usando, não posso aceitar, esse é bem superior ao meu, não posso pagar por ele.

— Alice, não vou aceitar a devolução e tá acabado, até amanhã, beijo.

O resto da noite passou normal, Alice foi para casa às sete da manhã, tomou um banho e foi direto para a cama, só acordou quando o celular novo tocou.

— Alice?

— Oi, Robert, tudo bem?

— Tudo bem, quer que eu passe aí para te buscar?

— Como assim, buscar? Para quê? — Ela ainda estava meio dormindo, mas em seguida lembrou: — Nossa, que horas são?

— São três horas, minha gatinha dorminhoca, posso passar aí?

— Sim, pode, daqui meia hora estarei pronta, vou tomar um banho.

— Posso chegar antes e esfregar suas costas.

— Pare de gracinha, Robert. — Passou o endereço e desligou.

Se arrumou rapidamente, colocou uma calça um pouco justa demais para um chá, e uma blusinha igualmente justa, achava que queria mostrar que era melhor que Beatriz, mulheres eram assim e ela não era diferente. Quando viu Robert chegando, ele mesmo estava dirigindo, e isso a deixou feliz, entrou no carro e falou:

— Nossa, aprendeu a dirigir?

Ele beijou o rosto dela e sorrindo falou:

— Sim desde que você nasceu que sei dirigir.

Ela achou graça e passou a pensar qual era a diferença de idade entre eles e que isso poderia ser mais um motivo para não ficarem juntos, mas em seguida chegaram à cafeteria.

— Estou um pouco ansiosa, não sei como ela vai me receber — disse Alice.

— Não se preocupe, estarei do seu lado.

Isso de fato a confortava, ultimamente estava passando muito tempo com Robert e ela gostava.

Quando viu Beatriz, teve a certeza que nenhuma roupa por mais apertada que fosse poderia a tornar melhor que aquela mulher, ela era deslumbrante, com um vestido azul turquesa até o joelho, um cabelo que parecia que ela dormia em pé, e joias que com certeza custavam uma fortuna, ela era o sinônimo de elegância e bom gosto. Robert se aproximou e a beijou no rosto, o que incomodou um pouco Alice. Beatriz estendeu a mãe e disse:

— Como vai?

— Vou bem, e a senhora?

— Ah, por favor, minha jovem, não me chame de senhora, sou quase tão nova quanto você.

Alice se lembrou do que Nana falará sobre ela não gostar nem de parecer mãe de Anita. Dona Beatriz. Beatriz fez um gesto de descaso com a mãe e disse:

— Sem esse negócio de dona.

— Claro — disse Alice. — Beatriz, me diga, na noite anterior ao crime, a senhora foi até a mansão conversar com Anita, certo?

— Sim, minha querida, fui, minha filha acabara de chegar ao Brasil, fazia alguns meses que não a via.

— Naquela noite, sobre o que conversaram?

Beatriz arregalou os olhos e se remexeu na cadeira.

— Sobre o quê? Bem, sobre a viagem, sobre ela, o que ela tinha comprado na viagem, ela queria saber o que fiz nesse tempo, se já estava com alguém, por que você sabe, né? Eu e Robert já estamos separados há algum tempo.

Alice fez que sim com a cabeça.

— Mas então, Beatriz, vocês chegaram a discutir naquela noite?

Beatriz ficou espantada e se remexeu na cadeira, como se tivesse algum incômodo no assento, e finalmente falou:

— Nós? Imagina, nós nunca discutíamos, éramos muito apegadas, ela me contava tudo de sua vida, éramos confidentes.

— E por que isso mudou? — Alice perguntou sem dar tempo para ela pensar.

Beatriz arregalou os olhos, mas respondeu:

— Isso não mudou, minha cara, minha filha, Anita, como deve saber, não está bem e até que ela melhore precisamos ter a maior calma.

Alice ficou quieta e pensativa, Robert enfim quebrou o silêncio:

— Bem, era só isso, Alice?

— Sim, acho que isso é tudo.

— Se me dão licença, tenho que ir, tenho algumas compras para fazer antes de minha viagem.

Alice ficou espantada, ela iria viajar com toda essa confusão, com a filha passando por tudo isso, não resistiu e perguntou:

— A senhora vai viajar?

— Sim, e já disse, não sou senhora, apenas Beatriz, já marquei a viagem e não tem como mudar.

Se despediram e ela se foi. Robert olhou para Alice e perguntou:

— O que achou?

— Não sei dizer, ela é uma mulher muito distinta, mas alguma coisa está errada aí.

Saíram da cafeteria e foram caminhando, apreciando o ar gostoso do final da tarde.

— Robert, não posso aceitar o celular — Alice falou estendendo o celular para ele.

— Por que não? Afinal fui eu quem quebrou o anterior.

— Na verdade eu fui descuidada, mas de qualquer forma isso não tem cabimento, mesmo porque o meu era muito inferior a esse.

— Bobagem, celular é tudo igual, por favor aceite.

Robert levou Alice para casa e ela o convidou para entrar, talvez por pura educação, mas ele não aceitou, disse que tinha uma reunião importante, mas que não faltariam oportunidades.

Capítulo 27

ALMOCO COM A FAMÍLIA

A semana passou normalmente sem muitas novidades, Robert não tinha mais entrado em contato e Alice achou, como ela já previra, que tinha se cansado dela, imagine que um homem como aqueles iria ficar com uma única mulher, nem quando era casado ele fazia isso, foi quando seu celular novo tocou:

— Alô!

— Alice? Quanto tempo.

— Pois é, achei que tinha fugido para o exterior.

Ele riu e falou:

— Esse negócio todo está me atrapalhando mesmo, não posso sair do país, mas tive que fazer uma viagem de emergência para ver uma obra no Rio de Janeiro, finalmente voltei. — Alice ficou aliviada, na verdade ele estava trabalhando. — E, então nosso almoço na casa da vovó está em pé?

Alice tomou um susto, nem lembrava mais disso, o que faria agora, pensou por um momento e sem saber direito disse:

— Claro, domingo.

— Ótimo, passo na sua casa, um beijo — e desligou.

Alice ficou tão eufórica que até esqueceu da situação real, parecia uma adolescente quando vai apresentar o namorado aos pais. Ligou para a vó:

— Oi, vó, tudo bem?

— Oi, Alice, minha querida, quanto tempo, que saudades.

Ela também sentia saudades da avó, mas na verdade se afastara da família e não tinha muita vontade de contato, mas da avó ela gostava.

— Sim, vó, também estou com saudades, vai ter almoço aí domingo?

— Claro, minha querida, sempre tem.

— Posso levar um amigo?

— Tá de namorado, minha pequena Alice?

— Não, vó — ela disse rapidamente —, é só um amigo.

— Claro, claro — disse a avó —, pode trazer, minha querida, ficaremos muito felizes.

Assim que Alice desligou, Bruce entrou em sua sala.

— Não costuma bater?

Ele saiu novamente, bateu na porta e entrou. Alice revirou os olhos.

— Alice, vou emitir um mandado de prisão para seu amigo.

Alice quase gritou de espanto, isso era terrível, será que tinham achado algo na casa, ela estava com medo de perguntar, até que enfim falou:

— Mas o que tem de novo?

— Não muita coisa, achamos na casa uma faca que pode ser a arma do crime, claro que sem digitais, e achamos também na gaveta da cozinha um pacote de luvas cirúrgicas, o que indica premeditação.

Alice ficou inconformada, todos os indícios ligavam Robert ao crime, ele morava só, então se tinham luvas só poderiam ser dele. "O que fazer, meu Deus?". Pensou em desmarcar o almoço, mas depois resolveu seguir como combinado, iria se permitir passar mais um dia com Robert, e quem sabe não conseguiria saber de mais alguma coisa.

O domingo chegou e Alice acordou animada, ainda estava indecisa, não sabia se contava ou não para Robert, se contasse poderia estar obstruindo a justiça, e se ele fosse culpado poderia fugir, mas ela sabia que não era, se não contasse estaria traindo Robert, em que encrenca ela se meteu. Às onze em ponto Robert bateu na porta, Alice correu para abrir, estava com um vestido cinza colado e um pouco curto e um tênis que dava um ar de descontração, Robert achava ela cada dia mais linda. Saíram em seguida e não demoraram em chegar à casa da avó de Alice.

Tudo era muito simples, um terreno grande, com muitas flores, e uma cerca de madeira, Robert nunca estivera em um local assim, tudo parecia simples, mas aconchegante, ele viu dois cachorros grandes e algumas pessoas no quintal, quando entraram no portão, viu uma senhora que aparentava ter uns 75 anos, com cabelos brancos curtos, um 1,70, bem magra, uma pessoa que parecia vó, sem dúvida.

— Minha neta querida, que saudades — disse a senhora à Alice.

— Oi, vovó, também estava com saudades.

— Só trabalhando, não é, e esse bonitão aí quem é? — perguntou ela olhando para Robert.

— Vó, esse é Robert, meu amigo — falou e ficou corada.

— Oi, amigo da Alice — disse ela, abraçando Robert e completando em seu ouvido: — Ela não é fantástica?

A avó de Alice sempre queria arrumar um bom partido para ela, disse que alguém precisava tomar conta dela.

— Entrem, meus queridos, estou na cozinha terminando o almoço, sua mãe e seus primos estão no quintal. Deram a volta na casa chegando à parte de trás, Robert observou que era tão grande quanto na frente, tinham umas três crianças brincando e duas mulheres com aparência de uns 50 anos sentadas em cadeiras de praia, enquanto dois homens assavam hambúrgueres e conversavam. Uma senhora que certamente era a mãe da Alice levantou-se e foi até eles.

— Alice, quanto tempo, você esquece que tem mãe, não é mesmo? Jonny sempre pergunta de você.

Robert notou que Alice ficou corada e com ar de contrariada.

Cumprimentaram todos e sentaram-se no jardim, Alice entrou para ajudar a avó mais logo voltou. Quando se sentou ao lado de Robert disse:

— Odeio tudo isso. — E bufou.

— Por que, Alice? Estou achando muito agradável — disse Robert, com sorriso malicioso.

— Está, é? Inclusive deve estar gostando dos olhares de minha mãe para você.

— Credo, Alice, nem percebi isso, e aquele ali assando os hambúrgueres não é seu padrasto?

— É sim — disse Alice, contrariada —, meu padrasto, mas minha mãe sente cheiro de dinheiro, e você é esse cara, ela pensa que você é um de meus amigos da polícia ou sei lá de onde.

— Viu, se me apresentasse como namorado isso não aconteceria — falou Robert, com tom irônico.

— Verdade — rebateu Alice —, mas você não é meu namorado.

Ela levantou-se e foi até a churrasqueira.

Robert notou que ele estava gostando mais daquilo que a própria Alice. O almoço correu tudo bem e Alice não cansava de mostrar as diferenças para a casa de Robert, mas no fim ela disse que estava brincando, querendo provocá-lo, cada um vive como sabe, como quer e como pode, e ela não achava demérito nenhum ser rico ou pobre, ao contrário de sua mãe, que a todo o momento perguntava a Robert o que ele fazia, se aquele carro era dele, onde ele morava, entre outras coisas desse tipo, Robert não ligou, respondeu como pôde e finalizou a conversa, mas Alice ficou muito contrariada.

— Viu, por isso não trago ninguém aqui, por isso não venho aqui, sempre é assim, ficam falando de casamento, de homens ricos, do meu trabalho, que é perigoso e paga pouco.

— Mas nisso eu concordo, é perigoso e paga pouco — falou Robert.

Alice olhou para ele com o olhar fulminante, ele se arrependeu no mesmo momento, mas ela acabou nem respondendo, estava cansada, esses almoços a deixavam exausta.

Chegando à casa de Alice, ela convidou Robert para entrar, ele disse que precisava descansar porque no dia seguinte tinha uma reunião logo cedo, Alice ficou com o coração apertado.

— Robert, entra um pouco, preciso falar com você.

Robert ficou apreensivo, o que poderia ter acontecido, ele tinha notado que ela passou o dia apreensiva, mas achou que era por causa do almoço.

Assim que entraram, Alice sentou-se no sofá, Robert ficou apreensivo olhando para Alice, até que ela falou:

— Robert, você precisa me falar tudo que sabe sobre esse crime, você não tem ideia do que pode ter acontecido?

Robert ficou espantado, não achou que falariam daquilo justamente naquele dia tão diferente e gostoso, pelo menos para ele.

— Bom, Alice, falei tudo que sei, realmente é meio inexplicável, sei que Henrique tinha um amigo, às vezes a Anita comentava, ela achava que era Marcos, Marlon, não lembrava bem, talvez esse amigo poderia saber dos negócios obscuros de Henrique, mas aí a alguém entrar na minha casa sem ninguém perceber acho quase impossível.

— Você confia cem por cento nos seus seguranças? — perguntou Alice.

— Claro que sim, né, se eu não confiar na minha segurança, como posso fazer? Mas se bem que agora nem sei mais, entraram na minha casa de madrugada e ninguém viu nada.

— Pois é, porque realmente esses negócios obscuros de Henrique poderiam nos dar uma pista, mas como entraram na casa? — Alice ficou pensativa até que falou. — Só se... — e parou de falar.

— Só se o que, Alice? — perguntou Robert, nervoso.

— Só se Henrique entrou com alguém na casa, no banco do carona e as câmeras não pegaram. Talvez explique o fato de Anita ficar dizendo que foi tudo culpa dela, talvez tenha entrado com uma comparsa, para roubar, ou para cobrar dívida, e Henrique foi até lá para pedir dinheiro a Anita.

— É, pode fazer sentido — disse Robert —, mas a segurança no mínimo foi falha, para não pensar coisa pior.

Conversaram sobre isso mais algum tempo até que Robert se levantou.

— Tenho que ir, minha gatinha.

Ele passou em volta do sofá e beijou a testa de Alice, continuou indo para a porta, Alice estava angustiada, até que falou:

— Robert!

Ele olhou e ela, com os olhos marejados de lágrima, disse.

— Vão expedir um mandado de prisão para você, entre hoje e amanhã você deve ser preso

Ela quase nem conseguiu falar tudo, baixou a cabeça entre as mãos e começou a chorar. Robert se abaixou próximo a ela e finalmente disse:

— Isso é sério? Mas eu não fiz nada.

— Robert, ouça, eu sei, mas todos os indícios apontam para você, e na verdade eu nem poderia estar falando isso com você, mas não consegui me segurar, por favor não fale nada para ninguém nem converse ainda com seu advogado, isso pode me prejudicar muito, infelizmente você precisa esperar ser preso para depois tomar providências.

Robert, que tinha dado a volta no sofá novamente, colocou a cabeça no colo de Alice e ficou assim por um bom tempo, estava procurando conforto e proteção, mas Alice não era capaz de dar a ele nenhum dos dois naquele momento.

— Assim que for preso, ligue para seu advogado e peça um habeas corpus, não podem te manter preso, você não representa risco e nem está tentando obstruir provas.

Robert ficou um tempo quieto no colo de Alice, até que se levantou, beijou o rosto de Alice e falou:

— Não se preocupe, minha querida, vou ficar bem, eu sou inocente.

Finalmente foi embora.

Capítulo 28

ATRÁS DE PROVAS

No dia seguinte, assim que Alice chegou, Bruce entrou em sua sala, como sempre sem bater.

— Estamos indo prender seu amigo, quer ter o prazer?

Alice quase não conseguiu se controlar e quase chorou na frente do amigo investigador, mas se manteve firme.

— Não sou policial, mas boa sorte a toda a equipe — respondeu Alice, "e boa sorte para você, Robert", pensou ela.

Robert sabia que aquele dia seria difícil, Alice, contrariando todos os seus princípios, o havia avisado, ele inclusive poderia fugir, mas não faria nada, nada que pudesse prejudicar Alice, nem iria falar com seu advogado, não antes de ser preso oficialmente, ela acreditava nele e isso era o que mais importava naquele momento.

Às seis horas da manhã, os policiais chegaram à sua casa, como não houve nenhuma resistência, ele nem precisou ser algemado e foi levado no banco de trás da viatura, assim que Nana ligou para ela, o mundo de Alice desmoronou, não podia fazer nada e parte da culpa se não toda era dela, ficou angustiada esperando os acontecimentos. Robert acionou Rubens assim que chegou à delegacia, assim, à noite Robert estava sendo liberado após pagar fiança. Ele mandou uma mensagem para Alice no celular novo: "Estou bem, estou saindo, um beijo".

Alice nunca se sentira tão aliviada, mas sabia que agora o processo iria seguir e logo iria para julgamento, sua chance seria mínima. Alice colocou a cabeça entre as mãos e ficou ali quieta, pensando, mas durou pouco, Samuel abriu a porta de súbito e foi falando:

— Soltaram o canalha, nem dormiu na cadeia, gente rica é outra coisa.

Alice estava exausta para discutir com ele, apenas concordou e ele saiu. Mas nem Alice descansou, Bruce entrou na sala:

— Documentos entregues para o promotor, seu amigo vai pegar no mínimo 30 anos de cadeia.

Todos naquele lugar queriam dar as notícias do caso para ela e elogiá-la, lógico, ela fez tudo para levantar indícios contra Robert, agora todos achavam que faziam um favor para ela.

Alice levantou e andou até a janela.

— E se não foi ele, Bruce? — disse, olhando para o vazio.

— Como assim, se não foi ele, Alice? — perguntou Bruce, quase berrando.

— Você mesma trabalhou como louca nesse caso para poder indiciar o cara. O que houve agora?

— Mas, Bruce, pense bem, tá tudo muito esquisito, muito na cara sabe, tudo para ser ele, você nunca assistiu CSI? Nunca é quem parece ser.

— Alice, seria impossível alguém entrar na casa, passar pela segurança sem ser visto, a não ser se fosse da família.

— Ou se estivesse com alguém da família? — disse Alice, rapidamente.

— Sim, mas com quem? Ninguém viu nada diferente nem falou de mais alguém na mansão naquela noite.

"Também ninguém havia falado que Beatriz esteve lá", pensou Alice.

— Bruce, vou para casa, estou cansada, bom trabalho, nos falamos.

Alice pegou sua blusa e sua arma e saiu. Passou a noite pensando e no dia seguinte saiu bem cedo. "Eu preciso fazer alguma coisa, não posso ficar aqui parada, fiz de tudo para provar que Robert tinha culpa e agora preciso fazer de tudo para provar sua inocência", pensou ela, e saiu determinada.

Foi até um bar que conseguiu arrancar de Anita nas poucas palavras que disse quando Alice foi conversar com ela. Ela não queria obviamente falar com Alice, mas cedeu aos pedidos do pai, não falou nada com nada, mas disse que Henrique frequentava um bar na periferia e tinha uns amigos.

Chegando ao lugar indicado, observou que tudo era muito feio, não pela pobreza do lugar, porque pobreza não era feiura, sabia pela sua própria vida e de sua família, mas aquele lugar era mesmo feio, tinha umas casas malcuidadas, sem pintura, com o jardim por fazer, um boteco cheio de homens na frente, que Alice, apesar de estar com a arma, ficou com medo, subindo a rua pôde ver pessoas que andavam despreocupadamente e pensou "ninguém trabalha por aqui?". Parecia que todo mundo estava olhando para ela. Enfim, achou o lugar que Henrique costuma ir para pegar drogas, ela sabia que era arriscado, porque esse pessoal era desconfiado.

Era uma espécie de bar, às nove horas da manhã já tinha pessoas bebendo, como pode aquilo? Alice ficou horrorizada, o bar era muito escuro, com uma mesa de sinuca em um canto, uma máquina caça-níquel no outro, algumas mesas e cadeiras de ferro em frente ao bar, Alice chegou para o rapaz que estava atendendo e perguntou:

— O senhor conhece um homem chamado Marcos ou Marlon, ele é amigo do Henrique.

Com toda a certeza aquela gente nem imaginava que Henrique já estava morto.

— Não conheço, dona, e não sei o que uma mulher como a senhora pode querer aqui.

Alice viu que levantava suspeita, resolveu mudar a estratégia e fazer a Patricinha apaixonada.

Alice começou a chorar, ela era boa atriz, mas também estava com vontade de chorar, então não foi tão difícil.

— É que sou namorada do Henrique e ele não tem me procurado, daí queria falar com o Marcos ou Marlon, nunca lembro o nome dele, para saber se Henrique está bem.

— Está bem sim, dona, esses homens são assim mesmo, só usam mulheres como a senhora e depois somem, vê se faz um bem para a senhora mesma e vai embora daqui.

Droga, não estava convencendo, sentou-se em uma mesa no canto e pediu uma água, sempre fingindo tristeza, até que um rapaz alto, moreno de cabelos negros, se sentou em sua mesa.

Se ele não estivesse naquele lugar imundo, ela até poderia dizer que ele era bonito.

— O que a senhora quer com o Henrique?

— Ele é ou era, não sei direito, meu namorado, e sumiu, estou preocupada.

— Como aquele infeliz conseguia mulheres tão bonitas, hein?

Ela ficou um pouco sem graça, mas disse:

— Mulheres? Então ele tinha várias?

— Sim, dona, muitas, mas só queria as bonitas, e também ele se aproximou delas, as ricas, ele queria de qualquer forma sair dessa vida e achou que iria achar uma Patricinha como a senhora para tirar ele da lama, só não sei como vocês se rebaixam a esse ponto.

Alice sentiu-se enojada, só de pensar que eles achavam que ela era apaixonada por um bosta daqueles, mas agora tinha que representar até o fim e voltou a chorar.

— Não chora, dona, infelizmente posso dizer para a senhora que Henrique morreu, ele não apareceu mais aqui e andava metido em muitas confusões, a senhora não vai achar o Marcos, ele também sumiu — finalizou ele.

Alice ficou feliz, estava conseguindo algo, mas não poderia demostrar felicidade e chorou mais ainda.

— Como assim, morreu? Negócios obscuros? O que o Henrique estava aprontando, eu dei dinheiro para ele pagar a dívida — arriscou ela.

— Pode até ter dado, dona, mas ele sempre fazia mais e mais dívidas, se metia com rolos, com gente da pesada, infelizmente é bom a senhora desencanar, se precisar de uma ajudar, tô na área.

Alice sentiu vontade de vomitar e de dar um tiro na cara dele, mas pelo menos ele estava ajudando.

— Com que tipo de negócio? — perguntou ela, tentando conseguir informações.

— Ah, dona, ele se metia com traficantes, acho que ficou devendo, sei lá, até disse que estava saindo com uma coroa cheia da grana que estava bancando ele, até que ele estava bem feliz.

"Coroa?", pensou Alice, então além de Anita ele tinha mais alguém.

— Então ele estava me traindo? — falou ela com a esperança de descobrir algo.

— Dona, por favor, Henrique traía até ele próprio, ele queria dinheiro, queria se livrar das dívidas, da senhora por exemplo ele nunca falou aqui, ou seja, não representava nada para ele.

Alice saiu do lugar pensativa, então ele falara de uma coroa que ajudava a pagar as contas, mas nunca falou de Anita, interessante, era um cafajeste mesmo, e ela lá querendo se matar por causa dele. Essas mulheres são muito ingênuas mesmo. Mas, também, quem era ela para falar, olha no que ela se meteu por causa de um homem, também estava perdendo a cabeça, Alice baixou a cabeça, chateada.

Capítulo 29

O LIVRO

Robert chegou em casa exausto, aquele dia tinha sido atípico, passar o dia na prisão, todos os artifícios do advogado para tirá-lo, mas ele estava preparado, porque Alice quebrando todas as regras o avisou, isso o deixava feliz, ela realmente acreditava nele, queria ligar para ela, mas pensou em esperar as coisas esfriarem, em vez disso ligou para a filha, Anita estava mais feliz que os outros dias, só ficou triste é claro com a notícia que Robert pediu para todos não contarem, porque ele mesmo queria contar.

— Poxa, papai, que triste.

— Fique tranquila, minha filha, já estou em casa e Rubens está cuidando de tudo.

— Queria poder ajudar, papai.

— Você me ajuda ficando bem, minha filha, um beijo — e desligou.

Alice voltou para o departamento inconformada, era seu dia de folga, mas estava perdida, não sabia o que fazer e resolveu ir até o departamento, quem sabe não teria uma luz para solucionar o caso, sabia que Robert era inocente, tinha que ser, ela precisava que fosse, mas o que ela poderia fazer? Bruce já havia concluído o caso e agora iria entregar para a promotoria, ela ficou ali em sua mesa com o livro que Robert emprestou nas mãos, perdida em seus pensamentos, então pensou em pedir para Bruce para ler novamente o inquérito, assim que levantou derrubou o livro.

— Droga — disse ela, nervosa.

Quando baixou para pegá-lo, observou um papel ao lado do livro, viu que se tratava de uma carta. Abriu e leu, ficou muito apreensiva, fechou novamente, colocou em seu bolso e saiu, mas não foi para a sala de Bruce ver o inquérito, foi para a casa de Robert.

Robert estava cansado, mas não triste, resolveu pegar um livro, um vinho e se recolher em seu quarto, precisava relaxar, quando seu interfone tocou.

— Oi, Wilson, o que foi a essa hora?

— Desculpe, senhor, é que Dona Alice está aqui e disse ser importante.

Robert ficou espantado, para dizer o mínimo, e mandou ela entrar.

Ele desceu as escadas e abriu a porta da cozinha, Alice descia do carro, observou que ela estava abatida, vestida com uma calça jeans e uma blusa preta bem simples, ela veio em sua direção e sem falar nada abraçou-o, ele retribuiu e aquilo lhe trouxe uma sensação de alívio.

— Que bom que você veio, Alice, isso é a melhor coisa que poderia acontecer hoje, entre.

Alice entrou ainda em silêncio, ela foi até lá com um único propósito, mas quando viu Robert se desestruturou totalmente, era bom ver ele ali bem.

— Desculpe vir a essa hora.

Ela nem terminou de falar e ele a agarrou e a beijou, falando ainda com a boca na boca dela:

— Você é a melhor coisa que poderia me acontecer hoje.

Voltou a beijá-la, pegou em sua mãe e a levou-a para o quarto, sem pensar muito tirou sua camisa e seu sutiã, quando desceu as mãos para sua cintura notou que estava com a arma.

— Opa. — Ele ergue as duas mãos, em sinal de rendimento e falou: — Melhor você se desarmar primeiro, já passei por muita coisa hoje.

Apesar do dia horrível que Alice estava tento, ela riu, tirou a arma a colocou em cima da mesa de cabeceira, outro erro, deixar sua arma exposta perto de um suspeito que acabou de ser liberado da prisão, porém Alice não estava pensando ultimamente. Ele voltou a beijá-la, tirou sua calça e a jogou sobre a cama, tirou sua calcinha, que desta vez não era de renda, começou beijar suas pernas, veio subindo até suas coxas até chegar em sua região íntima, ela gemia intensamente, ela precisava daquilo, precisava muito dele.

— Me fode, Robert, agora — disse Alice, como ar de necessidade na voz.

Assim que a penetrou, ela começou a gemer tão alto que ele tinha certeza que os seguranças poderiam ouvir, isso o deixou mais excitado e fez com que estocasse mais forte ainda, até que Alice gritou e entrou em êxtase, o grito dela fez ele gozar também. Ficaram ali parados exaustos por um longo tempo, até que finalmente ela falou:

— Robert, estou feliz em ver você.

— Também estou, Alice, você me faz bem.

Ela sorriu, se afastou e começou a colocar a roupa.

— Fica comigo essa noite? — pediu Robert.

— Não posso, Robert, na verdade não vim até aqui para isso, vim para te perguntar uma coisa.

— Pensei que tinha vindo me ver — falou ele, sorrindo.

Ela não deu atenção e continuou:

— Aquele livro que você me emprestou, é seu?

Robert ficou um tempo pensativo, o que preocupou Alice.

— O que isso tem a ver?

— Me responde, Robert, é importante.

Ele pensou um pouco mais e falou:

— Ah, sim, lembrei, não, aquele livro é de Anita, ela deixa aqui porque a casa dela é pequena, mas não tem problema, pode ficar com ele quanto tempo precisar, Anita não lê muito e nem vai sentir falta.

Mas nem terminou de falar e Alice já estava se direcionando para a porta.

— Preciso ir, Robert, fique bem, a gente se vê. Ele fechou a porta e ficou ali, pelado e pensativo, como ela mexia com ele, e depois que aquilo tudo se resolvesse o que seria deles? E se ele fosse preso? Porque todos os indícios apontavam para ele, será que Alice iria visitá-lo, claro que não, né, Alice é uma policial e não mulher de bandido, com esses pensamentos voltou para seu livro e seu vinho, mas não conseguiu dormir direito, mesmo porque estava excitado novamente, Alice o enlouquecia.

Alice voltou para o departamento de polícia e foi direto para a sala de Bruce, entrou e pediu:

— Preciso ver o inquérito mais uma vez.

— Não bate na porta, senhorita educação?

— Bruce, por favor, não estou para brincadeira, preciso ver o inquérito.

— Desculpe, policial gostosa, não posso te ajudar, o inquérito agora é segredo de justiça.

— Pare, Bruce, você ficou maluco, por que seria segredo de justiça?

— Pergunte para o advogado do seu amigo, foi ele quem pediu isso e o juiz concedeu, seu amigo é influente.

"Droga, Robert", pensou ela.

— Somos amigos, Bruce, você precisa fazer isso por mim.

— Não sei se posso, deixa eu verificar, já vou até sua sala, me espere nua, por favor.

Alice saiu sem dar muita bola para os comentários de Bruce, estava acostumada.

Após um longo tempo que para Alice pareceu uma eternidade, Bruce entrou em sua sala e jogou o inquérito sobre a mesa dela.

— Me deve essa, e mais, falei para esperar nua — e saiu.

Ela estava cansada, já era de madrugada, mas não podia ir para casa, estava muito ansiosa.

Ela estava com o inquérito na mão e lendo pela milésima vez quando de repente algo lhe chamou a atenção: "Encontramos na residência do Senhor Robert Verano uma faca que condiz com a arma do crime, sem digitais, o que indica que foi limpa ou o assassino usou luvas. Encontramos também um pacote de luvas tamanho P, na cor preta, a caixa estava aberta com dois pares faltando."

Luvas P? Ela conhecia e muito bem as mãos de Robert, inclusive naquela noite havia sentido os dedos dele dentro dela, só de pensar nisso ficou excitada novamente, mas voltou ao foco, com certeza a mão de Robert não era pequena, aliás, nada em Robert podia ser considerado P, talvez um G ou GG, ela sorriu quando pensou nisso. Finalmente fechou o inquérito, pegou sua arma e saiu dizendo para Samuel que não sabia que horas voltava.

Capítulo 30

A PRISÃO

Alice chegou ao loft de Anita mais ou menos às sete da manhã, ela estava tocando piano e sua enfermeira foi atender a porta.

— Posso falar com Anita, por favor?

— Quem gostaria?

— Alice — anunciou, puxou seu distintivo e disse: — Polícia.

A senhora arregalou os olhos, mas Alice não deu tempo para ela falar, entrou e deu de cara com Anita em pé olhando para ela, ficaram se encarando algum tempo até que Alice falou.

— Por que deixou seu pai ser preso no seu lugar?

A enfermeira quase desmaiou, se deixou cair no sofá, não podia acreditar, queria que aquela moça saísse dali, logo agora que Anita estava melhorando.

Anita que parecia ter perdido toda sua inocência, ficou encarando Alice por um longo tempo e enfim falou:

— Eu não deixei, ele disse que provaria sua inocência, e eu acreditei nele.

— Como ele podia provar a inocência se tudo ocorreu na casa dele, sem nenhum outro suspeito? — falou Alice, irritada.

— Eu não sei, mas ele disse...

Alice ergueu a mão e a interrompeu:

— Por que, Anita? Ela finalmente se deixou cair no sofá, desanimada. Enfim a enfermeira disse:

— A senhora tem um mandado?

Alice sequer olhou para a senhora e repetiu:

— Por que, Anita?

Ela começou a chorar desesperadamente e a enfermeira saiu.

— Ele me traía, era um canalha, meu pai havia me falado, mas eu estava apaixonada, você entende, né?

Alice achava que entendia, de um tempo para cá achava que entendia o que era estar apaixonada e cometer loucuras por amor, uma delas era estar ali sem um mandado. Mas jamais entenderia um assassinato, jamais entenderia deixar o pai ser acusado e preso em seu lugar, enfim ela disse:

— Não, não entendo, mas isso não importa.

Anita, que vira que não comovia a mulher à sua frente como sempre fizera com todos, continuou falando:

— Eu o amava e de repente descobri que tudo fora uma farsa, desde o dia que nos conhecemos, ele esbarrou comigo de propósito, para me conhecer, não foi um acaso, ele queria se envolver comigo e eu me deixei envolver. Eu já estava algum tempo desconfiada, mas naquele dia, quando cheguei ao Brasil, corri para o apartamento dele para fazer uma surpresa, mas na verdade eu que fui surpreendida, quando cheguei vi o carro de minha mãe estacionado na frente do prédio, achei que seria coincidência, mas não tinha nada ali que pudesse ser atrativo para minha mãe, na verdade tinha, mas eu nunca poderia imaginar, ou poderia? Sei lá, subi ao apartamento dele meio desconfiada e abri com minha chave, quando entrei ouvi barulhos, tipo gemidos, sabe? — Sempre que ela falava "sabe" olhava para Alice, para ver se encontrava algum sinal que Alice tivesse concordando com ela, mas Alice permanecia em pé, imparcial, então ela continuou: — Aí entrei mais devagar, não querendo acreditar, quando cheguei ao quarto, vi minha mãe nua em cima dele, praticamente gritando como uma vagabunda qualquer.

Alice nesse momento quase vacilou, mas continuou firme.

A enfermeira voltou à sala e disse:

— Chamei o senhor Robert, ele vai colocá-la para fora daqui.

Alice estremeceu, era tudo que ela não precisava e realmente ele iria colocá-la para fora dali, isso a fez lembrar do dia que se conheceram, ela estava ali na sala da filha dele, com uma arma na mão, sem um mandado, interrogando a filha dele, ficou entristecida, mas agora era tarde, iria terminar o que veio fazer.

— Continue, Anita — falou com voz complacente para incentivá-la a falar.

— Eu fiquei atônita, horrorizada, até que Henrique me viu e se assustou, empurrou minha mãe para o lado e veio falar comigo, mas sabe o que foi pior? Minha mãe não veio falar comigo, ele pareceu mais digno do que ela, isso me devastou, naquela noite, fui para casa de meu pai, só ele poderia me reconfortar, mas ele não estava, resolvi ficar lá, me sentia mais segura, até que minha mãe chegou, veio me falar para não contar nada para meu pai, para esquecer aquilo, logo eu arrumaria outro gostosão, mandei que saísse dali, que nunca mais queria vê-la, assim que ela foi embora, Henrique chegou, tentou se explicar, me falar que tudo não passou de um mal entendido que na verdade ele me amava, e eu acabei caindo em seus braços, nós nos amamos muito naquela noite, até que... — ela parou.

— Até que você resolveu dar 28 facadas nele no tapete da sala da casa do seu pai — disse Alice, impaciente.

— A senhora está louca, ponha-se daqui pra fora — disse a enfermeira.

Assim que terminou de falar, Bruce e mais dois policiais entraram na sala.

— O que houve, Alice?

Alice ficou parada olhando para Anita, Anita baixou a cabeça e entre lágrimas continuou falando:

— Até que ele resolveu me contar que me conhecer foi ideia da minha mãe, disse que ela achava que assim ficaria mais fácil para eles se encontrarem e que ele poderia achar um bom casamento, já que com ela era só sexo, disse que minha mãe estava com ele na França naquele dia, eu fiquei imaginando eles rindo de mim, ele disse ainda que minha mãe falou que não era a primeira vez que a gente dividia os homens e que eu não me importaria. — Ela soluçava muito, Alice achou que ela iria desmaiar. — Desci as escadas correndo e mandando que saísse, falei que nunca mais queria vê-lo, e ele disse: "Mas eu acabei gostando de você, gatinha". Foi então que acertei com o troféu de meu pai na cabeça dele, ele cambaleou, bateu nas coisas, fiquei com medo de acordar meu pai, ele tentou me segurar, mas acertei novamente, ele caiu, fui até a cozinha, peguei a faca e o matei.

Ela chorava compulsivamente.

— Não antes de colocar luvas para não deixar impressão digital, certo? — questionou Alice, impaciente.

— Me pergunto a quanto tempo aquelas luvas estavam ali? Será que você não pretendia matá-lo antes de tudo isso? Ou será que eram com a ideia de matar outra pessoa? Você sabe que isso é premeditação e agravamento de crime, não sabe, Anita? — Anita não respondeu, abaixou a cabeça e ficou ali parada. — Podem prendê-la — finalizou Alice.

Enquanto Bruce colocava as algemas e os policiais liam seus direitos, Robert chegou, Alice, que estava no canto da sala, olhou para ele, entristecida.

— O que está acontecendo aqui? Soltem ela — falou ele, quase gritando.

— Ela está presa, senhor, pelo assassinato do senhor Henrique — falou Bruce, saindo com Anita.

— Alice, o que está acontecendo, você ficou louca? O que significa isso? Pode me explicar? — Robert estava descontrolado.

Alice ficou um tempo olhando para Robert, como se quisesse se explicar, mas não havia nada a ser dito, ela saiu e quando passou ao seu lado apenas disse:

— Me desculpe, Robert.

Capítulo 31

O JULGAMENTO

O julgamento de Anita foi muito tenso, Robert contratou o mesmo advogado que o defendia, mas na verdade Alice achava que ela não teria chance. Desde aquele dia, cinco meses atrás, ela não tinha mais visto nem falado com Robert, ela não o procurou, mas tinha certeza que ele não iria querer falar com ela, ela estava arrasada, mas tinha feito a coisa certa, disso tinha certeza. Bruce passou por ela disse:

— Ai, além de gostosa, virou uma boa detetive também, quer trabalhar comigo? Mas tem que sentar no colinho do papai.

Alice na verdade não ligava muito para essas bobagens de Bruce, mas quando se virou viu que Robert estava ouvindo, sentiu-se muito mal, ele poderia achar que ela estava feliz com toda aquela situação, sem contar que ele poderia achar que ela trepava com todos os investigadores do departamento. Droga, aquele era o pior dia de sua vida.

Robert entrou no tribunal arrasado, o desfecho não poderia ser tão triste, passou os últimos meses se preocupando com a defesa da filha e com sua saúde que estava muito debilitada na prisão, no início teve muita raiva de Alice, pensou que ela poderia ter falado com ele, ter comunicado, mas depois acabou esquecendo, ela fizera seu trabalho e ele sabia que aquele namoro por assim dizer não representava nada para ela, ela no fim de tudo queria pegar o culpado e pegou.

Alice estava pensativa no tribunal quando se assustou com a voz de Bruce:

— Fala sério, como você desvendou o caso, senhora melhor investigadora do departamento?

Alice esboçou um pequeno sorriso, para Bruce aquilo representava uma vitória, ele nem imaginava que Alice estava devastada, enfim ela falou:

— Há muito tempo que vinha achando tudo estranho, estava muito na cara ser Robert e todos falavam da ingenuidade de Anita, mas ela tinha um sério problema com a mãe saindo com seus amigos, tudo muito louco, enfim, achei uma carta no meio de um dos livros de Anita.

— Espera aí — interrompeu Bruce —, como você teve acesso a um dos livros da menina.

Alice era péssima em mentiras e Bruce um excelente investigador, mas ela não poderia contar a ele, não naquele momento

— Bom, na verdade — ela disse, meio insegura —, estive na casa uma outra vez, Robert achava que eu não tinha feito meu trabalho por culpa dele. — "Isso não era exatamente mentira", pensou ela. — Então, mexendo nas coisas deles derrubei o livro e achei a carta.

— E o que dizia? — perguntou Bruce, desconfiado da história de Alice.

— Era uma carta que Alice escrevera aparentemente para o pai, dizendo que não aguentava mais a vida de Beatriz dando em cima de todos os garotões e que poderia um dia cometer uma loucura, na verdade já havia descoberto há algum tempo que Beatriz estava saindo com os amigos e namorados de Anita, mas não sabia se o pai ou a filha teriam ficado irados com isso, mesmo a carta não sabia se era de Robert ou de Anita.

— E como você descobriu que era de Anita?

Alice lembrou do dia que fora a casa de Robert para perguntar de quem era o livro e que transaram no quarto de Robert, ela quase ficou feliz, mas foi tirada de seus pensamentos por Bruce:

— Hein, Alice, como descobriu?

— Então — disse Alice, meio desorientada. — Perguntei para ele de quem era o livro, porque certamente a pessoa estava com o livro nas mãos quando resolveu escrever a carta, e ele me disse que era de Anita, quando li novamente o inquérito vi que vocês acharam luvas P na casa de Robert e certamente Robert não usa luvas P, aliás, uma grande falha da sua equipe.

Bruce olhou para ela meio irritado:

— Muito bem, minha equipe falhou, mas me diga, como você perguntou para ele de quem era o livro, você tinha contato direto com ele?

E outra coisa, como eu ia saber que o cara não usava luvas P, aliás, como você teve tanta certeza disso?

Alice quase engasgou, mas falou com calma:

— Fiz o que você e sua equipe deveriam ter feito, liguei para ele e perguntei sobre o livro e com certeza ele é homem e dificilmente usaria luva P.

Bruce ficou olhando para ela desconfiado e ela deu graças a Deus quando o juiz entrou no tribunal e acabou com aquela conversa.

O julgamento durou três dias, três dias insuportáveis para todos, principalmente para Alice e Robert, que se olharam algumas vezes, principalmente quando o promotor falou do fato de o senhor Robert expulsar a perícia do local do crime, querendo insinuar que talvez ele soubesse que tinha sido a filha, mas para alegria de Alice, Dr. Rubens conseguiu reverter essa situação, mostrando que ele não sabia e só estava preocupado com o estado de saúde da filha, como qualquer pai faria.

Chegou o dia do depoimento de Alice, ela subiu no banco das testemunhas e jurou sobre a bíblia, o promotor enfim começou as perguntas:

— Alice, a senhora é perita criminal, certo?

— Sim — respondeu ela.

— Bom, e no dia do crime foi à mansão do Senhor Robert e da Senhorita Anita Verano para verificar um local de crime?

— Sim, mas pelo que sei a Senhorita Anita não mora na casa.

— Muito bem, e o que viu?

Alice falou tudo novamente, ela procurava não olhar para Robert, estava realmente sem forças para falar, não queria falar novamente daquele episódio, mas o promotor insistiu.

— Muito bem, e não é verdade que o Senhor Robert — falou apontando para ele —, que esse senhor expulsou a senhora e sua equipe da casa sem ser possível terminar a perícia?

Alice já sem forças para argumentar disse:

— Sim.

— Bom, e não é um fato que o local do crime conta muito sobre o crime e seu executor? “Meu Deus quando isso iria acabar”, pensou Alice, exausta.

— Sim, mas o Senhor Robert esteve no departamento para conversar comigo e me passar mais informações do crime.

— Ah claro que esteve — disse o promotor em tom irônico. — Mas não é fato que nada substituiu a análise do local de crime e que por isso sua profissão é tão importante e reconhecida?

Na verdade, a profissão dela não é nada reconhecida, ela olhou para Dimitri, que estava no tribunal para ajudá-la, ele já sabia do envolvimento dela com Robert e prometeu apoiá-la, Dimitri sorriu e balançou a cabeça negativamente, todos sabiam que o promotor estava tentando forçar alguma coisa. Alice simplesmente falou:

— Sim, mas...

Ele não deixou que ela terminasse:

— Tá ótimo, Senhora Alice. Muito bom, está dispensada.

Seu depoimento terminou e ela foi embora.

No dia da sentença, Alice estava lá, finalmente o juiz entrou e todos ficaram em pé, ele leu a sentença:

— Na acusação de homicídio doloso, em que a vítima tinha a intenção de matar, o Júri considera a ré, Anita Verano, culpada das acusações.

Aquilo era o que todos esperavam, inclusive Alice, mas foi como uma facada em seu estômago, que começou a doer na mesma hora. A sentença ficou em 28 anos de prisão para Anita, que no mesmo instante caiu em pratos e precisou ser atendida, em seguida foi levada algemada.

Alice saiu e viu Robert tomando água, próximo à sala de testemunhas, ela se aproximou e conseguiu dizer:

— Desculpa.

Ele olhou para ela, pensativo, com os olhos marejados de lágrimas e disse:

— Você só fez seu trabalho, e muito bem-feito por sinal, parabéns.

Ele estendeu a mão. Alice não apertou a mão dele e saiu.

Alice chegou ao departamento arrasada, na verdade não estava de plantão naquele dia, mas ficou sem saber para onde ir, talvez trabalhar seria a melhor coisa a se fazer, ficou ali sentada, inerte, nem sabe dizer por quanto tempo, até que foi tirada de seus pensamentos pela secretária que ela continuava achando insolente, entrou sem bater e anunciou que tinha um senhor ali querendo falar com Alice:

— Fale que não posso atender, mande falar com Samuel.

— Infelizmente ele não quer falar com outra pessoa, somente a senhora.

"Viu como é insolente", pensou Alice, se recompôs e disse para mandar entrar.

Assim que Robert entrou na sala, Alice ficou sem chão, queria fazer um buraco na terra e se esconder, não sabia nem o que dizer, a secretária saiu e fechou a porta.

— Oi — disse ele logo após um período que Alice julgou ser mais de cinco horas.

— Oi — respondeu ela com voz fraca, somente Robert para fazer isso com ela, ela que sempre fora uma mulher determinada e ciente de seus atos.

— Alice, queria falar com você — ele hesitou.

— Quer se sentar? — ela falou sem saber ao certo o que estava fazendo. — Quer um café?

— Não, obrigado, queria mesmo era falar com você, acho que fui arrogante e ridículo hoje no tribunal, estava muito abatido e acabei descontado em você. — Robert parou de falar e baixou a cabeça. Alice se levantou e foi para o outro lado da sala, enquanto ele olhava pela janela.

— Eu entendo, Robert, queria que você soubesse que também não estou feliz, sei que essa era a solução do caso, mas infelizmente tem muitas outras coisas no meio de tudo isso, tive que fazer meu trabalho e na verdade corri atrás de tudo para inocentar você e acabou dando nisso.

Nesse instante Robert olhou para ela e no mesmo momento lembrou "não acredito", ele quase chorou lembrando-se de uns dos momentos mais felizes que passou com ela.

— Eu sei — disse ele, finalmente —, sei que fez seu trabalho, sei que tentou me ajudar e sei que você com todo seu senso de justiça jamais deixaria um inocente ser condenado.

Sim, isso era verdade, de tudo o que mais pesava era isso, nem que isso representasse perder Robert, a melhor coisa que havia acontecido em sua vida.

Ela não sabia o que fazer ou dizer, todo seu vocabulário estava esgotado, voltou para sua mesa, mas foi interrompida por Robert, que passou a mão em sua cintura e encostou seus lábios na cabeça de Alice.

— Seu cabelo é cheiroso — ele disse.

Ela se virou para ele e olhando em seus olhos conseguiu dizer:

— Desculpa.

— Shiiii — pediu ele, ele sempre fazia isso com ela. — Não peça desculpas, se tem alguém que precisa se desculpar aqui sou eu. Passa essa noite comigo, por favor? Preciso de você.

Alice deu um grande suspiro, ela achava que de alívio, e finalmente disse:

— Só se for na minha casa.

— Certo, às oito estarei lá — falou ele, rapidamente, como se com medo que ela mudasse de ideia.

Capítulo 32

A CASA DE ALICE

Agora Alice tinha motivos para não trabalhar naquele dia, saiu assim que Robert deixou sua sala, foi ao supermercado, comprou algumas coisas para o jantar. Quando Robert chegou às oito em ponto, ela correu abrir a porta, Robert quase caiu de costas quando a viu, ela estava totalmente à vontade, com um vestido de malha curtinho, com cabelos amarrados no alto da cabeça e com um olhar alegre e, claro que ele pôde observar, sem sutiã, sua vontade era agarrá-la ali mesmo e transar na mesma hora, torcendo para alguém passar e ver ele fodendo com a melhor mulher do mundo, afinal, fazia mais de cinco meses que não tinha ninguém, sim, ele não teve ninguém depois de Alice, coisa rara para Robert, mas ninguém mais atraía sua atenção, mas ele se concentrou e finalmente conseguiu dizer:

— Trouxe um vinho.

Alice saindo da porta para ele passar disse:

— Que bom, adoro seus vinhos. Entre, fique à vontade.

Ela era muito educada, mas toda essa formalidade precisava acabar logo, pensou ele. Alice foi para a cozinha.

— Estou fazendo um jantar para a gente, não sei se você vai gostar, ravioli com molho branco.

— Sim, com certeza vou gostar.

Robert abriu o vinho e serviu para ambos.

— Tim tim, disse ele.

— Tim tim — respondeu ela, com um sorriso que fez Robert ficar feliz, como há muito não ficava.

Ele ficou ali parado na porta da cozinha tomando seu vinho e olhando para ela, mas não conseguiu aguentar, se aproximou por trás dela e já encostando seu corpo no dela, e como ela estava sem salto não encaixava perfeitamente, ela era baixinha, mas era delicioso do mesmo jeito.

— Alice, tô louco para ter você, não aguento mais, já faz mais de cinco meses que não nos vemos.

Alice deu um pequeno suspiro. Ela virou-se para ele e disse:

— Sim, cinco meses, um pesadelo.

Ele nem deixou ela terminar de falar e a beijou, como sempre, tirou a taça de sua mão e colocou na pia, começou a acariciar seu rosto, seu pescoço, seus seios por cima do vestido que em seguida ficaram duros como uma pedra, uma pedra preciosa, pensou ele, levantou seu vestido e começou a passar a mão em suas pernas, ele sentiu que ela gemia e suspirava mais que qualquer outra vez, entendia a pressa, mas queria curtir aquele momento, chupou seus seios até ficarem vermelhos, ela baixou sua calça, ele a virou de costas e a encostou na mesa, a penetrou com força e urgência que o momento pedia, Alice não continha seus gemidos e Robert a cada gemido colocava mais e mais forte, até que gozou.

Eles ficaram ali por um tempo, abraçados, recuperando a respiração, até que ela conseguiu dizer:

— Preciso terminar nosso jantar.

Quando abaixou para pegar a calcinha, ele segurou sua mão.

— Fica assim, faz o jantar assim?

— Sem calcinha? — espantou-se ela.

— Nua, sem nada, sem nenhuma armadura, simplesmente minha Alice.

Alice ficou um pouco sem graça, mas fez como ele estava pedindo, na verdade aquilo também a excitava, ele vestiu sua calça e ficou na porta olhando para Alice.

Jantaram e conversaram sobre várias coisas, lavaram a louça juntos, Alice achou uma graça ele não saber fazer nada, mas ela ensinou e ambos riram muito, ele guardava uma coisa e a beijava, depois dava um tapinha em sua bunda, que continuava nua e assim fizeram até terminar, foram para a sala e, sentados no sofá, Robert ficou olhando fixamente para Alice:

— O quê? — perguntou ela, sorrindo.

— Casa comigo? — disse ele, rapidamente.

Alice se engasgou com o vinho e disse:

— O quê?

— Casa comigo?

— Não sei nem o que dizer, Robert.

— Diga que sim. Sabe, Alice, em toda minha vida nunca fui tão feliz quanto sou com você, nunca sequei e guardei louça. — Ele riu e continuou: — Você me faz bem e quero viver com você todos os dias.

— Robert, também sou muito feliz com você, esses últimos meses foram terríveis para mim, nunca me senti tão triste e deprimida, mas casar? Isso envolve muita coisa, principalmente Anita, como você acha que ela vai reagir?

— Alice, não me importo com mais nada, quero ser feliz e para isso precisa ser ao seu lado.

— Sim — disse Alice, se jogando em cima dele e beijando sua boca. — Sim, sim, sim.

Assim se amaram novamente durante toda a noite, nenhum dos dois queria dormir, queriam curtir aquele momento, até que Alice exausta acabou dormindo, Robert, que não conseguia dormir, ficou ali velando o sono de sua amada menina.

— Eu te amo — falou ele baixinho, beijando seu rosto e finalmente adormecendo.

Capítulo 33

O CASAMENTO

Após decidirem que queriam se casar à moda antiga, Alice começou a ver todas as coisas, claro que Robert disse para não economizar, até deu um cartão de crédito para ela, coisa que ela não queria aceitar.

— Esse cartão é seu, Alice, e você deve providenciar tudo que precisa para nosso casamento, Lene pode te ajudar com tudo.

— Robert, não acho isso certo, não quero ser uma madame gastando o dinheiro do marido.

Mas Robert não dava atenção para os argumentos dela, ele a beijou e disse:

— Isso mesmo, marido, sou seu marido — Ela ficava brava e ele ria.

Prepararam tudo, inclusive uma nova casa, Alice não queria mais aquela casa e Robert comprou outra do gosto dela, claro, menor, porque Alice disse que não precisava de todo aquele tamanho, mas Nana iria com eles, Alice ficou espantada com a reação dela quando eles contaram, achava que Nana ficaria chateada por Anita.

— Não acredito, Senhor Robert, casar? Que maravilha, essa casa precisa do brilho de uma mulher.

Robert sorriu e foi para o escritório, precisava ligar para a empresa e passar umas ordens para André, que cada dia mais estava assumindo as funções de Robert.

— Dona Alice, a senhora não imagina o quanto estou feliz, o Senhor Robert precisava tanto de uma mulher de verdade, eu sabia que um dia ele seria feliz — disse Nana com muita alegria.

— Nana, fico muito feliz com sua reação, realmente achei que não seria bem-vinda, eu sinto muito por Anita, realmente não era esse o fim que eu esperava — falou Alice, abaixando a cabeça.

— Nada disso, Dona Alice, as coisas aconteceram como tinham que acontecer e não vai deixar isso estragar a felicidade de vocês.

— Obrigada, Nana, e você sabe, não vamos ficar nessa casa, mas onde a gente for queria que você fosse conosco, e nada de me chamar de senhora, me chame de Alice.

— Dona, opa, Alice, fico tão feliz, quero poder cuidar do bebê de vocês.

Alice se espantou:

— Bebê? Não pensamos em bebê.

— Claro que sim, imagine, a senhora é jovem e o Senhor Robert precisa dessa alegria.

Alice continuava com sua rotina no departamento de polícia, apesar da contrariedade de Robert, ele achava perigoso e também queria que ela ficasse mais com ele, mas Alice não ligava, gostava de seu trabalho e de ter sua independência. Robert havia começado a dirigir ele próprio, dispensando motorista, o que Alice achava engraçado.

Alice acordou cedo naquele dia, tinha muitas coisas para ver sobre o casamento, ela e Robert moravam cada um em sua casa, Robert já havia contado para Anita, ele sempre a visitava na prisão, mas Alice não ia com ele, achava que iria abalar muito a menina, ela por sua vez nem discordou nem disse que sim, estava um pouco atônita e alheia à situação. Alice foi tirada de seus pensamentos com um telefone de Robert:

— Alô — falou ela, alegremente, estava cada dia mais feliz.

— Oi, meu amor — disse Robert —, pode me fazer um favor? Desce até a garagem, tem uma encomenda para você.

Alice achou estranho, mas atendeu ao pedido do amado, ele ficou no telefone com ela, quando chegou na garagem quase deu um grito:

— Robert, não posso aceitar, de jeito nenhum.

Tinha um carro zero maravilhoso com um enorme laço, mas Alice ficou brava, disse que ele não podia ficar fazendo essas coisas e desligou o telefone.

Robert riu e então decidiu:

— Lene, mande o André nas minhas reuniões, preciso sair.

Alice estava ao mesmo tempo chateada e feliz, o carro era lindo, mas ela não conseguia conviver com aquilo, todos iriam achar que se envolvera com Robert pelo dinheiro, não podia aceitar, a campainha tocou e ela se espantou, quando abriu a porta era ele, lindo como sempre escondido atrás de um enorme buque de flores, ela sorriu, e ele disse:

— Vamos descer ver seu carro novo?

Falou isso a abraçando pela cintura e beijando sua boca, sentiu os seios dela em seu peito, porque claro que ela estava sem sutiã, ela tinha como propósito enlouquecê-lo, disso ele tinha certeza.

— É possível você usar sutiã para variar? — disse Robert, mordendo o lábio inferior de Alice. — Acho que não é possível, inclusive estou pensando em começar a ir para o trabalho sem sutiã.

Robert deu um tapa na bunda dela e disse:

— Claro, seu trabalho, já tem aquele tal de Bruce que precisamos resolver, mas agora vamos descer. — Pegou na mão dela e a puxou para a escada.

Depois de muita relutância, Robert a convenceu a aceitar o presente, como iriam se casar se ela não aceitasse as coisas que ele comprava para ela, e finalmente deu mais uma notícia, naquele dia iriam ver três casas que a corretora escolhera para eles. Chegando ao carro não resistiram, eram malucos, transaram dentro do carro novo, Alice ria alto da loucura deles.

Tudo estava correndo bem, Alice estava em êxtase, resolveu passar no escritório de Robert para fazer uma surpresa, ele sempre reclamava que ela não tinha tempo para ele, dessa vez foi bem mais fácil entrar, os funcionários já sabiam que ela era a futura Senhora Verano, Lene sorriu quando a viu:

— Alice, que bom que veio, ele está em reunião, mas já comunico que você chegou.

— Não quero atrapalhar, Lene, vim só dar um oi.

— Não atrapalha, o Senhor Robert fica muito feliz quando a senhora aparece ou liga.

Alice percebeu que Lene não o chamava mais de Dr. e riu, quando viu Robert vindo pelo corredor ficou com as pernas bambas, pensava se essa sensação nunca iria passar.

— Alice, que alegria, venha, vamos até minha sala. Entrando na sala, Alice disse.

— Vim dar um oi, você que tomar um café comigo?

— Claro que quero, meu amor, adoro quando você me surpreende.

Robert se aproximou dela e a beijou, começou a passar a mão na bunda dela e ela disse: — Não, não, engraçadinho, vim só tomar um café, e testar meu carro novo.

— Adoro seu carro novo, quando vamos testá-lo juntos novamente?

— Quando você quiser, ele é muito confortável.

— Quero agora!

— Safado.

— Então vamos — disse ele —, aqui tem um café maravilhoso.

Desceram até a lanchonete que ficava no mesmo prédio e tomaram um café delicioso, conversaram e riram bastante, principalmente quando Alice falou:

— Você diz que é muito ocupado, mas sempre que venho você me atende na hora e tem até tempo para um café.

— Para você nunca estarei ocupado, meu amor, você é minha prioridade sempre.

Ela ficou corada e deu um beijinho no rosto dele.

— Semana que vem faremos uma reunião da empresa em Fortaleza um resort, fazemos todos os anos, é uma confraternização dos funcionários, quero que você me acompanhe.

Robert falou olhando fixo nos olhos de Alice. Na verdade Alice sentia-se um pouco desconfortável ali, parecia que todos a olhavam e a julgavam.

— Não posso, Robert, é um evento da empresa e não tenho nada a ver com a empresa — respondeu Alice baixando o olhar. — Sem contar que vou trabalhar.

— Como assim não tem nada a ver com a empresa, é a futura Senhora Verano, e com isso proprietária da empresa, e você pode mudar seu plantão com alguém.

Alice olhou para Robert com os olhos arregalados:

— De jeito nenhum, vamos nos casar, mas o que é seu é seu e de Anita, não quero ser dona de nada, tudo pertence a você e sua filha.

Robert nem deixou ela terminar e ergueu a mão como que em sinal para ela parar e disse: — Não vou nem discutir com você, estou casando com a mulher da minha vida e não discutindo um contrato de sociedade, venha vamos subir.

— Não posso, Robert, estou vendo as coisas do casamento, só passei para dar um oi, amanhã tenho plantão e quero resolver muitas coisas hoje.

— Plantão — disse Robert. — Para minha alegria ficar completa só precisava que você largasse esse emprego, não gosto de pensar em você naquele lugar, correndo riscos e ainda com aqueles patifes te cantando.

— Pare com isso, Robert, você sabe bem que amo meu trabalho e que o Bruce só está brincando.

— Claro que está, diga que também sei brincar, ele pode vir brincar comigo.

Ela riu, achava uma graça ele ter ciúmes, deu um beijinho no rosto dele e finalmente foi embora.

EPÍLOGO

O casamento ocorreu tudo bem, Alice estava deslumbrante e, depois de 15 dias de lua de mel no Caribe, voltaram para a linda casa que prepararam para ambos. Após três meses morando na casa, tudo já estava com a carinha de Alice, com a simplicidade dela, e claro, Nana ficava durante o dia, mas a noite e final de semana eles dois se viravam sozinhos, Robert achava isso muito divertido e uma forma de ficarem juntos.

Passaram mais seis meses e Robert estava no escritório trabalhando quando recebeu uma caixa de presente, ele estranhou, não tinha bilhete e nada, mas abriu com Lene parada a sua frente, assim que abriu a caixa ele quase caiu, Lene inclusive pegou em seu braço e fez com que ele se sentasse, era um sapatinho de bebê na cor amarela e dentro uma única frase: "Será que vai ser menino ou menina?".

Robert não queria mais nada, Alice sempre era arredia quando falavam de filhos, ela disse que achava que não era o caso, ele estava tão feliz, largou tudo e foi para casa. Chegando viu Alice no jardim, ele achou que ela não poderia ficar mais bonita, mas estava enganado, ela poderia, estava maravilhosa no meio das flores, ele se aproximou e disse:

— Não sei qual flor é a mais bonita, mas acho que é você.

Alice sorriu, se abraçaram e ficaram assim por um longo tempo até Robert dizer:

— Obrigado.

Alice se admirou:

— Obrigada pelo quê?

— Por você ser minha, por me fazer feliz, por nosso bebê.

Alice ficou emocionada e o abraçou mais forte.

Os meses se passaram felizes, Robert viajava muito e Alice trabalhava muito em seus plantões, Robert estava cada vez mais descontente com o trabalho dela, conforme sua barriga aparecia, mais cuidados ele tinha com ela, Alice achava bonitinho, mas queria sua independência.

Robert estava em viagem para fora do Brasil, já fazia dois dias, Alice sempre ficava deprimida sem ele e trabalhar ajudava a passar o tempo, naquele dia acordou cedo, estava um pouco ansiosa, mas achava que era pela falta de Robert, não tinham se falado na noite anterior e ela ficava apreensiva com isso. Enfim, se arrumou e foi trabalhar, com sua bela camiseta que Robert odiava, quer dizer, não exatamente aquela, agora era um número maior porque a barriguinha já estava aparente. Robert sempre falava daquela camiseta da Polícia Federal, dizia que não gostava, mas um dia ela esperou ele no sofá só de camisa, quando ele entrou e a viu deitada no sofá daquele modo e com uma algema na mão, ela disse:

— Você está preso, preso no meu coração.

Ele não conseguiu aguentar, tirou a roupa e transou com ela ali mesmo e sem tirar a camisa, Alice ria dele.

Chegou ao departamento antes do horário estipulado, mas não demorou para ser chamada para uma ocorrência, Samuel não estava, naquele dia justamente chegaria mais tarde, ela pegou suas coisas e foi sem ele mesmo, chegou no local e observou que a área não estava isolada ainda, mas mesmo assim se aproximou e começou a registrar algumas informações, quando foi surpreendida por um bandido que a pegou de refém, os policiais se colocaram em alerta e começaram a trocar tiros, Alice foi atingida na barriga e na perna, depois disso não viu mais nada, acordou no hospital com vários equipamentos em volta, na mesma hora ela se desesperou e colocou a mão na barriga.

— Meu bebê? — gritou ela.

A enfermeira a acalmou e o médico em seguida entrou no quarto:

— Alice, fique tranquila, o colete te salvou e salvou sua filha

— Graças a Deus — ela disse, relaxando novamente. Até que levantou a cabeça de novo olhou para o médico e perguntou: — Minha filha? É uma menina?

— Sim, a senhora ainda não tinha visto o sexo?

Na verdade Alice iria ver naquela semana, mas como Robert estava viajando marcou para a semana seguinte para irem juntos, no fim ela ficara sabendo sem ele de qualquer forma.

Nana chegou ao hospital assim que foi avisada e ficou aguardando a cirurgia, ligou para Robert, que se desesperou no mesmo momento, ele pegou o primeiro voo de volta e chegou ao hospital às onze da noite, falou com a equipe de plantão, que o tranquilizou, ele entrou no quarto, Alice estava com os olhos fechados, viu a barriguinha dela saliente em baixo de lençol e agradeceu a Deus por ambas, quando ele se aproximou Alice abriu os olhos. Assim que viu Robert, ela abriu um enorme sorriso:

— Robert, que bom que está aqui.

— Alice, quase morri de susto, até chegar aqui passei os piores momentos de minha vida. — Estamos bem, Robert.

Ele beijou a testa dela e beijou sua barriga ficando alguns segundos encostado na barriga de Alice até que ela falou:

— Nossa menina está bem, Robert. — Por um momento ele não compreendeu, mas em seguida ele olhou para ela espantando. — Sim, vai ser uma menina, e acho que podia se chamar Sofia — disse ela, sorrindo.

Robert chorou, verdadeiramente chorou.

— Sim, Sofia — disse ele entre lágrimas.

Alice teve que pedir licença do departamento de polícia porque a partir daquele dia Robert não teve mais paz e ela ficou cuidando de sua gravidez e da casa, tudo que nunca imaginara para ela, mas estava feliz, mais feliz que nunca.

Para o Natal, Sofia já estaria com eles, e Anita pegaria indulto para passar as festas com eles, Alice sempre fora contra esses benefícios, mas dessa vez não podia estar mais feliz. Dimitri e Sara seriam os padrinhos.

FIM